有爱的青春陪伴者

败给对你的心动

淑汀 /著

天津出版传媒集团

天津人民出版社

图书在版编目（CIP）数据

败给对你的心动 / 淑汀著. —— 天津：天津人民出
版社, 2021.4
　ISBN 978-7-201-17135-7

Ⅰ.①败… Ⅱ.①淑… Ⅲ.①中篇小说—中国—当代
Ⅳ.①I247.5

中国版本图书馆CIP数据核字(2020)第272215号

败给对你的心动
BAIGEI DUI NI DE XINDONG
淑汀 著

出　　版	天津人民出版社
出 版 人	刘　庆
地　　址	天津市和平区西康路35号康岳大厦
邮政编码	300051
邮购电话	（022）23332469
电子信箱	reader@tjrmcbs.com

责任编辑	玮丽斯
特约编辑	周丽萍
装帧设计	蔡　璨
责任校对	彭　佳

制版印刷	长沙鸿发印务实业有限公司
经　　销	新华书店
开　　本	880毫米×1230毫米　1/32
印　　张	9
字　　数	173千字
版次印次	2021年4月第1版　2021年4月第1次印刷
定　　价	36.80元

目录
contents

目录
contents

第一章
这姑娘又虎又害羞

"您的解题助手随时准备为您服务。"

沈一凡是被陈叔连哄带绑拉去西汀酒店参加梁坤的生日宴的。他强撑着参加完那场看上去兄友弟恭、父慈子孝的宴会便一刻不停地向外走去，倒是没想到，在这种糟心的情境下，他会偶然碰到那么虎的一个女孩。

当时，陈叔正送他出门，他一边走一边有些暴躁地揉揉眉心："陈叔，我可求您，以后这种宴会千万别叫我了，光是坐在那里都累得慌，梁坤儿女成群，不差我这么一个。"

陈叔有些无奈："小少爷，其实董事长是很疼你这个小儿子的，他……"

话没说完便被沈一凡打断："对对对，还有这个称呼，我跟他家里养的那些金尊玉贵的少爷小姐不一样，您要么叫我沈一凡，要么叫我一凡，再叫少爷我就当没听见。"陈叔虽然为梁坤做事，但多年来

002

对沈一凡母子十分照顾，所以沈一凡对这位叔叔一直都挺尊重，不像对梁坤那么反感。

陈叔还想说点什么，沈一凡却不想再听，他转身背对着陈叔挥挥手："回了。"

他本来想潇洒离开，没想到刚走到停车场，眼前就上演了一出活色生香的市井闹剧。

一个手提公文包的路人从酒店出来，经过一辆黑色奥迪时，突然有三个穿得很像样的男人把他拦下来，面色不善地看着他，其中一个鼻孔朝天冲着他喊："喂，走路不长眼是不是，你看看，你这包的拉链把我车划到了，想这么一走了之？"

公文包男显然有些蒙，他顺着那个男人手指的方向看过去，黑亮的车身上果然有两道突兀的白色刮痕。他眉头轻皱，奇怪了，他明明记得刚刚走路特意和车保持距离了，而且他公文包的拉链应该没那么尖锐，轻轻一碰就能把车给划了。

公文包男正想辩驳，说话的男人表情突然凶狠起来："喂，是不是不想负责？你看兄弟几个像是吃素的吗？"

公文包男辩驳的话被堵在嘴里说不出来了。这三个人明显是小混混，他眼角的余光悄悄朝四周瞄了一眼，周围也没个健壮的人可以帮他。于是，他心里"好汉不吃眼前亏"的念头占了上风，开始考虑要不要破财免灾了。

沈一凡一脸戏谑地看着这一幕，险些笑出声来。不为别的，那辆号称被划到的车，可不正是他的车吗？这是前不久他二十三岁生日的时候他妈妈送的生日礼物。说起来，他爸妈虽然离婚十来年了，送他生日礼物倒是很有默契，妈妈送了他一辆奥迪，爸爸送了他一辆劳斯莱斯。那辆劳斯莱斯他从接手后就没动过，一方面是梁坤送的，他有些抵触，另一方面，这车太过招摇，他不想那么高调，所以选了奥迪开。没想到第一次开出来就碰到这种狗血的事。

他略一思索就明白了，三个想碰瓷的人随机在哪辆车上动动手脚，然后找准一个倒霉鬼，人多势众趁机讹钱。这样看来，那划痕应该也不是真的了，毕竟如果真的划到了，车的正主肯定会找他们麻烦。

果然，很快他就听到一道清亮的女声道："你仔细看，那车上的痕迹其实根本不是划出来的，是用白色的染料画上去的，这三个人就是想碰瓷，仗着人多睁眼说瞎话呢。"

女人的声音很大，还有些义愤填膺。

沈一凡的目光不由自主地朝声源处看过去。从他的角度只能看到那姑娘的背影，她纯白色的长裙垂到脚踝，一头及腰长发烫成大波浪，如果刚刚没听到她的声音，光看背影，倒像是个温柔的姑娘。

与她同行的女孩是正对沈一凡的，和她穿同一样式的衣服，脸圆圆的，看着像个大学生。圆脸女孩看上去有些担忧，她轻声道："尔尔，这几个人看着凶神恶煞的，我们还是别管闲事了。"

被称作尔尔的姑娘不以为意地摆摆手："你还信不过我？"她看一眼正打算逼公文包男掏钱的几个人，嘴角勾起一丝玩味的弧度，"在本小姐面前颠倒黑白，恃强凌弱，我夏尔还有不管的道理？"

沈一凡有些好笑地皱皱鼻子，把想出面的念头暂且压下去了。他倒是很好奇，这位长裙小姐是怎么个管法。他胳膊肘撑着路边的栏杆打算看好戏，没想到，下一刻他就惊呆了，胳膊肘一个没撑稳整个人险些栽倒在地，戏谑的笑意也僵在嘴角——长裙小姐先是利落地从手腕上摘下一根皮筋把她那一头长发简单扎起一个高马尾，然后，她竟直接捞起她的长裙，一个用力，徒手将裙子的下摆撕下一大圈，及脚踝的长裙瞬间变成超短裙。她动了动腿，似乎仍觉得这件"超短裙"不够方便，叹息一声："早知道刚刚参加完婚礼就换衣服了，这裙子也太束手束脚了，不过对付这三个应该绰绰有余，马马虎虎上吧。"

说完，她便阔步朝那边走去。

圆脸女孩目瞪口呆地看着她，后知后觉地弱弱道："尔……尔尔……那……那是租来的伴娘裙，要还回去的……"

沈一凡情不自禁地在心里道：这姑娘可真虎啊！

公文包男在心底叹一声出门不幸，正打算取钱，突然一道正义凛然的声音从天而降："几位大叔，我说你们眼神是不是不好啊？"

三个小混混愣了愣，抬眼就看到一个高挑、纤瘦的身影走过来。夏尔用随手撕下来的裙摆在那道"刮痕"上抹了抹，在公文包男惊诧的目光下，"刮痕"竟肉眼可见地变淡了。夏尔懒懒地抬头看了为首的小混混一眼，然后又随手抹了两下，这回，"刮痕"直接完全消失了！夏尔直起身子双手抱臂，冲着小混混们挑挑眉："看来是各位大叔看走眼了，车没事儿，这小哥可以走了吧？"

小混混们脸一阵青一阵白，凶神恶煞地盯着夏尔，煮熟的鸭子到嘴边了还能让她给扑腾飞了？

公文包男这会儿也反应过来这是诈骗了，他摸出手机想要报警，但最后还是在小混混头子的逼视下弱弱地把手机放下去。他不好意思地看了夏尔一眼，然后飞快地道："那个……既然车没事，那我就走了啊，我还得上班……"说完，便一阵风一般跑得没影了。

沈一凡眉头轻皱，暗道这公文包男也太没良心了，人家小姑娘好心帮他，他就这么跑了，就不怕小姑娘被找麻烦？

果然，下一刻，混混头子脸上便浮出一丝狞笑："哪儿来的野丫头，我的事也敢管？"

夏尔翻了个白眼："大叔，光天化日朗朗乾坤，你想干吗呀，诈骗不成改强抢了？你不怕我事后报警？"

沈一凡有些不忍直视地按按太阳穴，心里想，这姑娘难道就打算用这种和无赖讲道理的方式来见义勇为？

眼看混混头子的手已经抬起来了，那姑娘还是气定神闲。沈一凡暗叹一声，好歹这事儿和自己的车有点关系，也不能不管她。他手撑到身侧的栏杆上，打算以最快的速度翻身越过去把那三个小混混解决掉，就在这时，突然一道凄厉的惨叫传来，让他的动作生生慢了一拍——发出惨叫的不是小姑娘，竟是那个混混头子！

只见小姑娘以迅雷不及掩耳的速度抬手握住混混头子朝她扬起的手腕狠狠一拧，力道之大让那混混险些疼得流出眼泪来。

夏尔调皮地抬了抬下巴："都说打人不打脸，大叔你有点狠啊，想扇我？"

另外两个小混混都看呆了，谁能想到，一个看上去弱不禁风的小姑娘，居然有这么大的力气！

混混头子哀号一声，看两个同伴还傻站着，不由得气急败坏："你们傻了？还愣着干什么，给我抓住她！"

那两个小混混这才反应过来，立刻伸出魔爪朝夏尔扑过去。夏尔嗤笑一声，手肘和拳头用了五分力气，见招拆招，几个利落的转身，三个小混混就都捂着胸口和肚子躺在地上哀号了。

她拍拍手上的灰尘，心里默默想，早知道这三个人这么菜，她刚刚就不撕裙子了。

沈一凡目瞪口呆地看着眼前这一幕，刚刚打斗之间，他终于看清那姑娘的脸了——小巧的瓜子脸、杏子般的大眼睛、高挺的鼻梁、桃花般薄红的唇，这样精致的五官，想必他那位热衷于给别人做美容的母亲大人也挑不出什么毛病了吧？

他沈一凡长这么大，什么姑娘没见过，今天这一型，他可真的没见过，明明可以靠颜值，却非要靠武力。他再次感叹，这姑娘，她也太虎了吧！

这时候，方圆圆，也就是圆脸姑娘，已经小跑到夏尔旁边。她眼里闪着兴奋的光芒，一边拍手一边赞叹："尔尔，你好棒！"

夏尔抿嘴笑笑："小意思，小意思。对了，报警了吧？"

方圆圆点头："报了报了，警察应该快到了。"

话音刚落，警车的警笛声由远及近，很快在露天停车场外停下来。车上下来一个年轻的警官面色严肃地问话，方圆圆把事情一五一十地说了一遍。年轻警官不可思议地看看哀号在地的小混混，又看看夏尔，音调都变了："你说……他们是这位小姑娘打的？"

方圆圆小鸡啄米般点点头："对，我们夏尔很厉害的。"

年轻警官将信将疑，走到小混混面前询问情况。

三个小混混跟跟跄跄地站起来，他们对视一眼，心里那个郁闷呀，本来警察赶来之前他们可以跑路的，但实在体力不支，这姑娘下手太狠，他们全身都跟散架一样，走路都费劲，更别提跑了。

混混头子眼看躲不掉了，眼珠一转，变脸似的换上一脸苦相："警官呀，您可要为我们做主呀！不能听信她们的谣言！我们几个根本什么都没做，就是刚刚走路碰了这姑娘一下，我们也道过歉了，但姑娘不依不饶，二话不说就跟我们打起来了。您看，要是真像他们说的，我们在诈骗，那车上的刮痕去哪儿了？那个被我们诈骗的男人去哪儿了？"说着，他又义愤填膺地看了方圆圆一眼，"小姑娘，小小年纪可不能这么撒谎啊，这一套一套的，你怎么编得出来？"

年轻警官彻底石化了，不管他们两方谁说的是真的，看来这三个男人确实是被那个小姑娘撂倒的无疑了。他默默想，现在的小姑娘，都这么厉害吗？

他看看方圆圆和夏尔，再看看那三个男人，从个人感觉上他当然更愿意相信两个姑娘，但出于职业素养，他还是例行公事地询问："你们各执一词，怎么证明你们说的是真的？"

夏尔抬头朝四周看了看，暗暗腹诽，这么大个酒店的停车场，周围连个摄像头都不设。正懊恼，双手插兜吊儿郎当的沈一凡就这样闯入她的视线。

沈一凡轻咳一声，懒懒笑道："警官，这是我的车。我做证，两位小姐说的是真的。我这里身份证、行驶证、驾照都有，可以证明我的身份，和这两位小姐绝对不是同伙。"

警官瞟他两眼，心想现在的年轻人难道都这么厉害，看着比自己还小些，奥迪都开上了。警官例行公事地查看了沈一凡的证件，然后点点头："请你和他们一起回局里做个笔录，有问题吗？"

沈一凡摇头："完全没问题，我百分之百配合人民警察工作。"

夏尔不由自主地瞥了沈一凡两眼。他长相是阳光俊朗型，一头张扬的栗色头发在发梢处微卷，戴一对银白色的十字形耳钉，薄薄的唇畔带着懒洋洋的笑意。夏尔感觉心里有些怪怪的，一般男生戴耳钉她都觉得特非主流，怎么这个男生戴，看起来……怪好看的呢？

正欣赏着，沈一凡突然朝她这边看过来，冲她咧嘴一笑，露出一口整齐的大白牙。夏尔突然噎到了，险些咳出声来。她假装无意地抬起手挡住自己的半边脸，糟糕，被发现了……

沈一凡饶有兴致地看着她，嘴角笑意渐深，这姑娘虎是虎了点，还挺容易害羞。

那边警官处理得差不多了，喊他们一起上警车。沈一凡和夏尔经过那三个小混混的时候，那三个人怨毒地瞪了他们一眼，冲他们做了个口型："给我等着。"

不过，很快就有一位警官几下拍在他们头上："还敢威胁证人！"

混混们便讪讪地低下头不说话了。

沈一凡耸耸肩，这种程度的威胁，他还不放在眼里。不过，他突然心头一动，轻轻碰了碰夏尔的胳膊："喂，你很能打？"

夏尔有些茫然："还行，怎么？"

沈一凡掩去眼底的笑意，换上一副担忧的表情，语重心长道："你看，我今天帮你们做证，以后那些人出来报复我怎么办？"

夏尔愣了一下，把沈一凡上下打量一遍，心里默默想：看着瘦瘦的，惹上小混混确实有些危险。她略作思索："那你想怎么样？"

沈一凡似乎想了很久，才缓缓道："要不……你保护我？"

夏尔瞪大眼睛，保护？难道这人是赖上她了吗？

她眉头轻轻皱起，欲言又止。最后，她终于开口："我怎么保护你？我在上学呀。"

沈一凡摆摆手："不用随身保护，留个联系方式，我有什么事联系你，行吗？"

夏尔有些犹豫。她再次将沈一凡仔仔细细地审视了一遍，这人看着吊儿郎当的，不会是坏人吧？

沈一凡看她有些不情愿，脸上立刻摆出很委屈的表情："唉，不方便的话就算了，我自己应付吧。"

夏尔一下子又心软了。如果她不管这档子闲事，这男生也不会被卷进来。她咬咬牙，直白地问："那……你不会是坏人吧？给了你联系方式你会不会骗我？"

沈一凡怔了下，忍不住笑了："看不出来，你这么厉害还怕被骗？"

夏尔努努嘴："厉害是一回事，好歹我也是个女孩子……"她的话戛然而止，似乎突然意识到跟一个陌生人不该说这么多。

她摸出手机："好吧，加个微信，有事你找我。"

"好嘞。"沈一凡一边麻利地扫夏尔的二维码，一边好奇地问，"你这么能打，不怕惹麻烦吗？万一这次来的不是三个人是三十个呢，双拳难敌四手，不会吃亏？"

夏尔将额前散下来的一缕头发拨到耳后，随意道："怕什么，我家开武馆的，三百多号人呢。"说完，她眉头一拧，这话听着是不是有种以多欺少的感觉？她有些不好意思，挠挠头又补了几句，"其实我平时也不常动手，也很少牵扯家里，就是偶尔看到不公正的现象，忍不住想管一管。绝大多数情况下，我们还是要相信警察叔叔的！"

沈一凡心里"咯噔"一声，背景过硬的他见过不少，家里有矿的倒是有，家里有武馆的，可真是头一回见。他默默想，这姑娘真有意思！

沈一凡回家的时候，沈艾正在敷面膜。看到沈一凡神色之间满是轻松惬意，她忍不住道："嘿，太阳打西边出来了，头一次见你从你爸那儿回来还这么喜滋滋的。"

沈一凡慢悠悠地换上拖鞋，没接沈艾的话茬，而是调侃道："您这美容院每天早早地就关门了，不怕哪天开不下去？"

沈艾理了理面膜的褶皱："怕什么，客户都老熟人了。快说说，有啥好事儿呀，让妈也听听开心开心。"

沈一凡懒懒靠坐在沙发上："好事没有，麻烦事倒有一件。我之前写的一个企划案梁坤觉得很好，想让我接管集团新创的一个服装品牌。"

沈艾嗤笑一声："这会儿把你当亲儿子培养了，你这大学刚毕业，新品牌都放心交给你了。"

沈一凡想了想:"妈,你想让我去不?"

沈艾慢悠悠地把面膜撕下来:"你想去就去,不想去就不去,不去他的公司难道我还养不起你了?"

沈一凡乐了:"瞧您说的。这意思里外我都得啃老,就不能靠自己本事养活自己是不是。"

沈艾笑道:"那哪儿能,妈的意思是你想做什么就放手去做,妈永远是你坚实的后盾。"

沈一凡嘿嘿笑着搂住沈艾的脖子:"我那些兄姐视我为眼中钉,说实话我懒得搅和梁家那摊浑水。不过,我想自己干一番事业出来,首先得有工作经验,这的确是一个不错的锻炼平台,所以我还在考虑。"

沈艾一点也不担心,她拍拍沈一凡的手:"你自己心里有数就行,做什么决定妈都支持你。"她突然想起什么,话锋一转,"对了,工作的事先不急,我让你找女朋友的事有着落了吗?"

沈一凡扶额,有些无奈道:"妈,您当女朋友是萝卜白菜呢,您前儿刚跟我说我今儿就找着了?"

沈艾乜斜他一眼:"妈这不是替你着急嘛,大学四年一场恋爱没谈过,我儿子这样貌我看着也不差啊。"

沈艾拍拍胸脯:"这女朋友的事儿呀,你不急我急,你要实在找不着,你跟我说说喜欢哪种类型的,妈给你留意着。"

不知怎么，夏尔英姿飒爽以一敌三的画面突然跳进沈一凡脑海里。他嘴角勾起一个弧度："我喜欢能打的类型。"

"能打？"

沈一凡没再多说，打着哈欠起身上楼了，说了句"妈，今儿太累了，我眯会儿去啊"，留沈艾一个人默默琢磨，这"能打"是个什么类型呢？

沈一凡双手压在脑袋下望着天花板失神，往事一点一点在脑海里渐渐清晰。他十岁的时候和沈艾一起离开梁家，但梁坤对他的影响却一点都没有因此终止。从小到大，他上幼儿园、小学、初中、高中甚至大学，都按照梁坤的安排一步步往上走，他一直记得，他高中的时候参加物理竞赛，每天起得比鸡早睡得比狗晚，就是为了能报考西大的物理专业，但到报志愿的时候，梁坤却以家长的身份强势逼着他报了工商管理。那时候，他摔了一整套梁坤珍藏的青花瓷茶具，冲梁坤怒吼："你什么时候才能停止控制我的人生！"

梁坤甚至看都没看地上破碎的瓷器一眼，用随意却又不容反抗的语气淡淡道："等你的成就能和我比肩的时候。"

于是，大学四年，沈一凡一直都为了这个目标而奋斗，他一边修读学校的课程，一边在西市的多家上市公司兼职，学习活动策划、文案撰写、数据分析、推广营销等最基本的工作技能，他一直坚信，一个好的管理者，一定是一个熟悉了解公司各项基本业务的工作者，虽然他对梁坤这个人有些看法，但不能否认梁坤在事业上确实颇有成就，要想和梁坤比肩，不是一朝一夕就能成功的。他愿意从基础做起，不断充实自己，让自己一步一步变得更加优秀。

他长出一口气，每次想起梁坤，总觉得像是有一块大石头压在胸口，闷得慌，索性不再多想。

他坐起来靠在靠垫上，随意把玩着手机。突然，他心中一动，划开手机的微信页面。聊天页面的第一条消息赫然是夏尔通过他好友验证的通知。她的微信昵称就叫"夏尔"，简单直接，跟她这个人一样。

沈一凡嘴角不由自主地扬起，他想了下，修长而骨节分明的手指在聊天框快速打下："夏尔同学，你在干什么？"

彼时，夏尔正在解一道大学物理题，思考得焦头烂额。她一边在心里默默吐槽为什么化学专业的学生要学物理基础课，一边暗戳戳地想，要是解题也能和散打一样熟能生巧就好了。

突然，她手机振动了一下，进了一条微信消息。她点开一看，竟然是"沈一凡"发来的，不就是今天中午求保护的那个车主？

她略作思索，这会儿那几个诈骗的小混混刚被拘进去，应该不会这么快放出来，那他就不是求保护。难道……他是在搭讪？

夏尔撇撇嘴，打算不理会。但脑子里不知怎么就想起那张阳光俊朗的脸——以及他十字形的银光闪闪的耳钉。她嘴唇抿成一条线，经过激烈的心理斗争，还是再次把微信点开，简短回复："解物理题呢。"

点完发送键，夏尔狠狠把自己鄙视了一番，想她十几年鲜衣怒马、恣意潇洒，居然也有被美色所惑的一天。

很快，沈一凡的消息再次弹过来："什么物理题，我看看。"

夏尔默默翻了个白眼，难道给他看看他就能解出来吗？她又瞥一眼那道足足有七行的题目，打开手机相机随手拍了一张发过去，也不指望沈一凡能解出来，全当随便聊天了。

果然，那头沉默了十分钟都没回复。夏尔哀叹一声，正要收了作业出去吃东西，手机突然又振动了一下。

消息仍然来自沈一凡："同学，解完物理题可以一起吃饭吗？"

夏尔被物理题弄得正烦，再加上沈一凡搭讪水平太低，饶是他长得好她也有些不耐烦了。她快速打字："兄弟，我们今天第一次见面吧，我承认你长得好，但你长得好我也不会随随便便跟你一起吃饭的。"

沈一凡看到这消息，刚喝到嘴里的咖啡险些笑得喷出来，不管怎么说，这也算是在夸他吧。他慢条斯理地抽了张纸巾擦了擦嘴角的咖啡渍，然后把刚刚在草稿纸上写的解题步骤拍下来发过去。

夏尔看到消息又是沈一凡发来的，兴味寥寥，正要跟他讲她要忙了，先不聊了，点开消息，却发现他发来的竟然是刚刚那道物理题的完整解题步骤！

她一下子瞪大眼睛，把那张图片放到最大。她一行行数下去，一张洁白的 A4 纸上竟然整整齐齐地写了十六行，汉字是有棱有角的正楷，公式里的字母用了线条优雅的花体，她觉得他写的字简直比书上的铅印字还要好看。她虽然不知道怎么解题，但基本的公式都是知道的，这会儿一看沈一凡写的步骤，只觉得醍醐灌顶，思路瞬间顺畅起来。沈一凡在她心里再也不只是一个吊儿郎当的富二代，他聪慧过人的形象瞬间树立起来了。

夏尔赶在两分钟的小尾巴上把刚刚那条坚决抵制沈一凡的消息撤回，然后用比刚刚更加坚决的语气回复："可以！完全可以！请问您想吃什么？"

沈一凡暗笑，看来这年头没点文化追妹子都困难呀。他假装没看到她的前一条消息，直接发了一条语音过去："你说你在读书，是哪所大学呀，我等下过去接你。"

夏尔点开消息，沈一凡慵懒又带着几分笑意的声音舒缓地淌过她的耳膜。她心跳突然漏了一拍，中午的时候怎么没发现这男生声音这么有磁性，难道就因为人家智商高，连带着声音的好感度都提升了？

她嗓子极轻地咳了一声，然后回复："我在西大。"

沈一凡一下子直起身子来。原来她也是西大的，真是无巧不成书啊。他眼尾微微弯起，又发了条语音："好，五点四十我到西大的北门接你。"

现在是五点二十分，从宿舍到北门要十分钟，足够了。夏尔先是认真地把沈一凡发来的解题步骤誊抄下来，然后才换鞋出门。

夏尔五点三十五的时候到达北门口，这是西大的正门，也是最繁华、热闹的一个门，外面高楼大厦林立，车水马龙，尤其现在是下班的高峰期，来往的车辆络绎不绝。

她一边看表一边朝马路两边看，迟迟看不到沈一凡的车，正当她以为沈一凡刚刚是在逗她玩的时候，突然一辆拉风的红色SUV停在她面前，是辆劳斯莱斯。

夏尔心里一边暗暗想哪个富豪这么高调，一边腹诽该死的沈一凡居然拿她寻开心，下次可别让她抓到，就见那位车主慢慢地把车窗降下来，露出一张慵懒的笑脸。"富豪"抬腕看了看表，眼尾一挑："五点四十一，晚了一分钟，那吃饭地点你来选好了。"

夏尔被惊得目瞪口呆，这不正是沈一凡？她脱口而出："你中午开的不是奥迪吗？"

沈一凡摸摸鼻子："第一次邀请女孩子一起吃饭，我以为红色讨喜，女孩子会比较喜欢。"

夏尔只觉得两眼发花，大概这就是有钱人家吧，上午、下午还能换着车开。她默默想，这股子豪气倒是跟她那个暴发户二哥有些相像。不过，好像也没听过西市有特别出名的姓沈的富豪呀……

她暂时压下心头的疑惑，靠近车窗朝沈一凡招招手，沈一凡听话地朝她那边偏了偏身子，只听她压低声音道："兄弟，你能不能先找个地儿停车，吃饭地点我已经想好了，走过去就行。"

沈一凡有些好笑："怎么这么小声？"

夏尔拧拧眉，急匆匆道："现在女大学生上豪车被拍下来都是要全网曝光挨批的。我说你能不能快点去停车，红色哪儿讨喜了，现在我觉得扎眼死了！"

沈一凡心里乐了，面上却煞有介事，同样压低声音附和夏尔："哦哦，明白明白，马上去停，等我五分钟。"说完，他便飞快摇上车窗，扬尘而去了。

夏尔松了一口气，在北门口来回踱步等沈一凡回来。

夏天的风都带着燥热的气息，有那么一刻，她觉得太闷了，索性从腕子上拨下一根皮筋把散下来的长发随意绾成一个丸子头。

刚停好车从不远处走来的沈一凡正好看到这一幕。女孩安静地站着，牛仔热裤衬出一双修长笔直的腿，她双手翻花蝴蝶般来回拨弄两下，那头海藻般的长发就盘成一个利落的丸子头，露出原本掩在发下的白皙、修长的颈子。一阵风吹过，将她白色衬衫的领子略微吹起，她嘟嘟嘴，带着略微的不耐烦将领子慢慢拨下去，然后，她漫不经心地转过头，看向他这边，正好发现他在慢慢走向她，便笑着朝他挥挥手，那笑融进夕阳的余晖里，温暖得有些不真实。

沈一凡的喉结极轻地滚动了一下，然后同样朝她挥挥手，若无其事地朝她走过去。但是，他心里清楚地知道，从刚刚那一刻开始，似乎有些东西变得不一样了。

待沈一凡走近，夏尔将他从上到下打量一番，他换了身全黑色的运动套装，比中午看上去更精干些。

沈一凡失笑："我有这么好看吗？"

夏尔点点头，诚实道："没了那辆扎眼的车，你看着顺眼多了。"

沈一凡右手握拳放到嘴边干咳一声："我就当你在夸我了。"

夏尔带沈一凡去的是西大小北门外的一条小吃街。

一般人只知道西大有东南西北四个大门，只有西大人才知道小北门，这个小门十分狭窄，每次只能容一人通过，但仍然有很多同学喜欢从这里出去，因为出了小北门就是这里著名的小吃街，这条街有各种各样的小吃店，大都是苍蝇馆子，网罗了中国各地的名小吃，每天从晚饭时间起一直到晚上十二点多都热热闹闹的。

沈一凡一边跟着夏尔走，一边在心里感慨，他在这儿读了四年书，这条街的繁华真是有增无减呀。

夏尔带着沈一凡左拐右拐，最后在小巷子里的一家酸菜鱼店停下来。她抬头瞟一眼招牌："你能吃鱼不？"

沈一凡以前忙到很晚也经常来这条小吃街吃东西，不过这家店位置太偏，倒是确实没来过。他点点头，轻快道："没问题呀，说好你选，都听你的。"

夏尔眼睛弯起来："那走吧。我跟你讲，这家店的番茄鱼超级好吃，加一点菠菜和豆芽，那色泽、那香味……啧啧，妙不可言。"

沈一凡笑道："真有那么好吃？"

夏尔眼睛一瞪："那是当然了。"说着，便率先撩开帘子走进去，沈一凡紧随其后。

她挑了个靠墙的位置坐下来，鱼汤的香味幽幽飘进鼻孔，她深吸一口气，招呼来老板娘，道："麻烦给我来一份番茄鱼，多加菠菜。"

然后，她看沈一凡一眼："你吃什么？"

"那我也来一份番茄鱼。"

老板娘一一记下来，袅袅婷婷回厨房了。

夏尔冲沈一凡眨眨眼："喝点什么，随便点，这顿我请。"

沈一凡笑了："那哪能，我叫你出来当然我请。"

夏尔摆了摆手："你第一次来我们学校这边嘛，我就当尽尽地主之谊，而且你刚刚还帮我解题，我还要谢谢你呢。就是不知道你这小公子吃不吃得惯这种小店。"

沈一凡脸一板："小看谁呢，谁就小公子了，我什么都能吃，不挑好吧。"

夏尔嘿嘿一笑："好啦好啦，喝点什么？"

沈一凡想了下："就农夫山泉吧。"

"好嘞。"夏尔冲厨房喊了一嗓子，"老板娘，再拿两瓶农夫山泉！"

沈一凡本来想告诉夏尔他刚从西大毕业不久，不是第一次过来，不过看夏尔那么热情，也没机会说，索性下次再说好了。

等餐的间隙，夏尔一直双手托腮直直盯着沈一凡。沈一凡被她看得有些发毛，笑问："我脸上有花？"

夏尔摇摇头："我就是在想你是怎么解出那道物理题的。"

沈一凡失笑："我看起来没那么聪明？"

夏尔下意识地点点头，然后又立刻直起身子摇摇头："反正我觉得你挺厉害的。你是做什么工作的呀？"

沈一凡摸摸鼻子："还没开始工作，正打算创业呢。"

夏尔"哦"了声，突然想到什么："对了，你叫我出来吃饭是有什么事吗？"

沈一凡心里一"咯噔"，第一次见面就请人家出来吃饭，如果说没事，是不是略显轻浮？他想了想，终于想到一个由头："夏尔同学，我想过了，你平时在学校上课，也不能贴身保护我，所以吧，我想着，要不你把打架的功夫教教我，这样有什么麻烦我就可以自己解决了。"说完，他在心里默默给自己比了个大拇指。这个理由真是妙啊，不仅能经常见到她，而且还有正当理由。

夏尔愣了下："你是说，让我教你散打？"

沈一凡很诚恳地点点头："你看行吗？"

夏尔手指轻敲桌面，很认真地想了想："也不是不行，不过散打也不是一两天就能练好的，首先得有强健的体魄，否则空有招式使不上力也是白搭。"

沈一凡立刻表态："我平时就经常去健身房，体魄肯定没问题，你教我招式就行。"看夏尔还在犹豫，沈一凡突然想起什么，加了句，"对了，你以后有什么物理题目也可以问我，别的题我不敢说，物理的话，应该问题不大。"

夏尔眼前一亮，犹豫的眼神瞬间变得坚定："成交，我教你散打，你教我物理！"

很快，一阵令人食指大动的番茄香味飘进鼻孔，老板娘端着盛了两大碗番茄鱼的餐盘走过来。白嫩、肥美的鱼肉切成大小相仿的薄片浸在红红的番茄汤里，上面漂着几根绿油油的菠菜和白嫩嫩的豆芽，看着就让人很有食欲。

夏尔满足地做了一个深呼吸，然后从筷桶里取了两双筷子，递给沈一凡一双，道："快尝尝，真的超好吃。"说着，便率先夹起一块白嫩的鱼肉送到自己嘴里。

番茄鱼氤氲的热气将夏尔的视线隔绝开，掩去了沈一凡眼底愉悦的笑意。他捞起一块鱼肉送进嘴里，仔细品味，半晌，他轻轻点点头："确实好吃，以后我们常来吧。"

夏尔怔了怔，他刚刚是说"我们常来"吗？不知怎么，她总觉得这句话有些怪怪的，不过，再看沈一凡时，他已经开始大快朵颐了，好像刚刚只是随口一说。她便没再多想，继续享受美食了。

一顿饭简简单单，沈一凡却觉得比中午西汀酒店的山珍海味好吃太多了。晚饭后，他一路把夏尔送到宿舍门口，虽然知道以她的武力即使大半夜走路也安全得很，但他还是觉得应该尽到一个绅士的责任。

临走前，他冲夏尔扬扬手机："您的解题助手随时准备为您服务。"

夏尔"扑哧"一声笑了，她学着他的口吻道："您的散打教练正在上线中，敬请期待。"说完，她便潇洒地转身进宿舍楼了。

沈一凡看着夏尔的背影，嘴角扬起一个狡黠的弧度。契约达成，算是首战告捷了吧？他一边转身，一边拨通陈叔的电话。

"陈叔，有件事想请您帮忙。"

"之前梁坤不是说让我接管集团旗下的一个新服装品牌吗，我记得他说临时的工作室是在西大附近对吧？"

"哦，您跟他讲一下，这个活儿我接了，近几天就可以上班。员工他随便安排，但设计师我要自己选。"

"好，麻烦您。"

挂了电话，他伸了个大大的懒腰，心里虽然有些小小的愉悦，但也略微有些无奈。看来以后他得把跆拳道黑带的实力隐藏一下，暂且当个四肢发达的新手了。

第二章
她利落又可爱

你会因为什么喜欢上一个人？因为他会解题呀。

夏尔慢悠悠地上楼，想起沈一凡说的"解题助手"，不禁莞尔，这小公子倒是一点富二代的架子都没有，还挺接地气。

　　她推门进去，一眼就看到方圆圆正趴在椅子上一脸生无可恋的样子。她随手把包搭在椅背上，笑问："我们圆圆小公主这是怎么了，得相思病了？"

　　方圆圆看到夏尔瞬间眼前一亮，一把拉过她："快别打趣我了，我等你好久了呢。"

　　夏尔疑惑："等我干吗，你惹事啦？"

　　方圆圆翻了一个白眼："我连个蟑螂都不敢惹能惹什么事。就是有个事需要夏尔大人帮忙，十万火急！"

　　夏尔被她一本正经的样子逗笑了："什么事呀，说来听听。"

　　方圆圆目光灼灼地看着夏尔，半晌，终于坚定道："尔尔，你替我去相亲吧！"

夏尔刚喝下去的水险些一口喷出来："相……相亲？"她把方圆圆上下打量一遍，显然有些难以接受，"你才大二，相什么亲，难道你一个小小白富美还愁嫁？"

方圆圆哀叹一声，再次有气无力地趴在椅子上："我不愁架不住我妈愁啊。她说她很早就给我物色了一个好女婿，非他莫属。我年纪是小了些，但据说他已经不小了，我妈这不是怕人家被抢走吗，等不及了。"她一脸苦相，"我妈还说我要是不乖乖去就冻了我的银行卡，我怎么这么命苦啊，这都什么年代了……"

夏尔十分同情地看着她："圆圆啊，你的这个遭遇，我个人表示十分同情。"

方圆圆一双大眼睛期待地看着她，却听她下一句道："但是这个相亲……请恕我实在有心无力！"

方圆圆嘴巴一扁："为什么呀？"

夏尔有些无奈："相亲，我长这么大恋爱都没谈过一次，你让我去帮你相亲，那场面我怎么能驾驭。"

方圆圆赶紧拍马屁："怎么会有我们尔尔驾驭不了的场面呢，我们尔尔这么厉害，惩恶扬善都不在话下，何况一个小小的相亲！"

夏尔被方圆圆夸得一身鸡皮疙瘩，她一根一根掰开方圆圆的魔爪，认真道："那能相提并论吗，你是让我去相亲又不是让我去打架，而且，万一我替你去，你那个相亲对象看上我了，你妈不得掐死我。"

方圆圆一听夏尔担心的是这个，立刻松一口气。她再次殷勤地挽住夏尔的胳膊："不会不会，这个我保证不会。我妈说那男生喜欢安安静静、温文尔雅的淑女，所以你担心的事这辈子都不会发生的。"

夏尔杏眼一瞪："方圆圆，你给我注意一下说话的措辞啊，说谁不淑女呢？"

方圆圆眨眨眼，赶紧把话圆回来："我们尔尔是女侠类型的嘛，淑女哪有女侠好！"她摇摇夏尔的胳膊，委屈巴巴道，"尔尔，你就帮人家一次嘛，很简单的，就和他吃个饭，让他对我这个人失去兴趣就好。"

夏尔想拒绝，架不住方圆圆锲而不舍。最后，她终于勉为其难道："替你吃个饭行，但只此一次，如果再有后续，我可说什么都不去了！"

方圆圆的眼睛瞬间亮起来："没问题没问题，只要应付过这次，有什么后果我来负责！下周六，地点到时候告诉你！"说着，她大大亲了夏尔一口以示感谢。

夏尔一脸嫌弃地从她的魔爪下逃出来："方圆圆，我怎么摊上你这么个闺密，天天不是让我去凑数当伴娘就是让我去相亲！"

方圆圆一点愧疚感都没有，再次扑上来："我就知道，尔尔对我最好啦！"

方圆圆心满意足地去洗澡了，夏尔三两下把衣服换成居家的睡衣，然后继续做之前没做完的物理题。

刚做两道，她就开始咬笔头了，草稿纸上相关的公式列了十几个，关键是她就是不知道该用哪一个。她颓丧地把笔扔到桌上，按说她上课也没开小差呀，老师说的都听了，怎么就是解不出题呢？

她仰头靠在椅背上望天花板，突然，沈一凡的话在脑海里回荡起来："您的解题小助手随时准备为您服务。"

她一下子坐起来，再次拿起碳素笔开始咬笔头，一边咬一边想，真能把他当解题小助手吗，会不会人家只是客气客气？正纠结，手机突然振动了一下。她捞起一看，嘿，想曹操曹操到，居然是沈一凡发来的。消息内容是："夏尔同学，你在做什么？"

夏尔默默想，难道他就会这一句开场白？

她飞快地回复："做物理题呢。"然后，她又附了一个生无可恋的表情包。

沈一凡："你又解不出来了？"

夏尔发了一个乖乖点头的表情包。

沈一凡看着手机屏幕不由自主地笑了，他在想虎虎的夏尔同学做起这么萌的动作会是什么样呢？好像还蛮可爱的。

想到这里，他心中一动。之前他在网上看到过一句话，如果你觉得一个女孩性感或者漂亮，那很正常，但如果你觉得一个女孩可爱，那你要注意，你可能完了。

他喉结极轻地滚了滚，压下心里的异样，回复道："发来我看看。"

夏尔有些犹豫，她不会的题有五六道呢，会不会太多？她试探着回复："你在忙吗，会不会太麻烦？"

很快，她的手机振动起来，还是沈一凡，不过这次不是消息，是微信电话。

夏尔吓了一跳，没有第一时间接，直到方圆圆从浴室出来随口道"谁的电话呀，不接吗"，她才慌慌张张把电话接起来："喂……喂？"

那边的人极轻地笑了声："你好，夏尔同学。"

"你……你好。有什么事呀？"

沈一凡的声音里带着一丝慵懒："没事，就是想说一声，教你解题，我不觉得麻烦。"

夏尔十几年来纹丝不动的心突然莫名悸动了一下。他打过来只是为了告诉她，他愿意教她解题？

她心里隐隐有一种难以描述的感觉升腾而起，又被她强势压下去。她小声道："好……那我挂了把题目发给你？"

沈一凡轻笑："不挂也行。"

夏尔咬咬下唇，瞥一眼正在擦头发的方圆圆，不知为何有些心虚。她捂住话筒悄悄说："可是我室友在，不太方便讲话。"

沈一凡继续循循善诱："你不用说，听我说。我讲给你听每道题目的切入点在哪里。"

夏尔就真的没挂。她把不会的题目圈出来，然后拍照发过去，那边很快传来纸张翻动的声音。

不一会儿，沈一凡低醇又认真的声音轻缓地传来："夏尔，第一道题是载流长直螺线管内的磁场问题。设螺线管上线圈均匀且紧密，通有电流1，螺线管可视为无限长……"他有条不紊地把题目一步步抽丝剥茧，冗长繁杂的题目在他的解答下慢慢变得简单而清晰。

一题结束，沈一凡像教课的老师一样询问听讲情况："有哪里不明白吗？"

夏尔赶紧停下做笔记的笔，瞥一眼方圆圆，发现她正在看剧没注意这边，才压低声音道："没有没有，你讲得特别好。"

沈一凡低笑一声，把刚刚他写的完整的解题步骤拍照发过来，上面题的考点和难点都用红色笔一一勾画出来，方便夏尔忘记的时候再次复习。

夏尔上下滑动那张图片，看着上面好看的笔体，她只觉得脸红心跳。她摸摸胸口，有些奇怪自己这是怎么了。这时候，一条知乎推送忽然跳进手机里。她随意划开一看，标题是：你会因为什么喜欢上一个人？

下面一大堆各式各样的回复，有人说颜值，有人说声音，还有人说游戏打得溜。她继续往下翻，一条不甚起眼的评论猝不及防跳进她的视线里：因为他会解题呀。

夏尔指尖一僵，手机差点儿脱手而出。她低低地"哎呀"一声，眼疾手快握紧手机。沈一凡担心地问："怎么了？"

夏尔急匆匆道："啊，突然想起要出去一趟。谢谢你教我解题！"说完，她便逃难似的把电话挂断了。她右手按在自己的胸口，"喜欢"和"解题"两个词循环在她脑海中回荡，她心里突然一片混乱。

她做了两个深呼吸，默默对自己说："夏尔，你要清醒呀！你才第一天认识人家！"

另一边，沈一凡有些无奈地听电话那头传来挂断的声音。他摸摸鼻子，是他靠得太近，让她不习惯了吗？

他轻叹一声，自己真是魔怔了，没想到有朝一日他沈一凡也会对一个姑娘这么感兴趣。

他没再打扰夏尔，而是把剩下的物理题的解题步骤都详细写下来拍照给夏尔发过去，又发了一条语音消息："晚安，夏尔教练。"然后，他便收了手机专心写工作室的企划案了。

他本以为等不到夏尔的回复了，没想到，大概过了两个小时，她的回复姗姗来迟："解题步骤我每一道都看过啦，真的很感谢你花时间教我，之前说好的，你教我解物理题我教你散打，我现在是西大散打社的社长，每周日下午会在体育馆的社团活动室给社员训练，如果你感兴趣的话可以过来……"

然后，她像是怕沈一凡再回复，赶紧又发了一条："晚安，沈一凡助手！"

沈一凡停下手里的工作，盯着那条微信消息看了好几秒，忽然忍不住笑了——看来没有被夏尔同学讨厌。

他站起身伸一个懒腰，看了看表，然后拨通了言佑的电话。言佑大三的时候到法国进修设计学专业，现在课业结束，到了该回来的时候了。

那边隔了十几秒钟才接起电话，声音里带着明显的不耐烦："It's lunch break now!（现在是午休时间！）"说着，他便立刻把电话掐断了。

沈一凡翻了个白眼，再次拨过去。

言佑烦躁地翻了个身，飞快接通电话，骂人的话已经在嘴边盘旋了，却听电话那头的人懒洋洋道："两年不见，言少脾气见长啊。"

大概过了五六秒，言佑似乎终于清醒了："老大！是你呀，老大！"

沈一凡懒得跟他废话："不是说这个月回来吗，几号，给个准话。"

言佑言语之间有些为难："我这边的事儿基本忙完了，随时都可以回去，就是吧……有个小小的麻烦还需要解决一下。"

沈一凡淡淡道："有事直说。"

"那我直说了啊。"言佑深吸一口气，连珠炮一般飞快道，"我妈让我去相亲，老大你替我把这个事承接下来，我立马订机票。"

沈一凡眉头一皱："你说什么？"

言佑立刻换上一副可怜兮兮的语气："我妈最近不知道受什么刺

激了，天天吵着要抱孙子，又怕我领个洋妞回去，我人还在千里之外呢，她那边相亲已经给我安排上了。"他声音里充满抗拒，"我一想起那个场面我就头皮发麻，两人都不认识，多尴尬呀。我现在跟我妈说我这边重感冒，但也拖不了多久，她答应人家下周六让我和姑娘吃个饭。"

沈一凡用鼻音"嗯"了一声，淡淡道："跟人家吃完饭赶紧来上班。"

言佑义愤填膺："老大，你可不能事不关己高高挂起啊！你看，我可是从幼儿园开始就上了你的贼船，勤勤恳恳跟了你这么多年，你能把我推向别人的怀抱吗？"

沈一凡凉凉道："言佑，你说人话。"

言佑一看沈一凡不买账，立刻改变路线，耍起无赖来："我不管，反正这事儿你不给我摆平我就不回国。"

沈一凡冷哼一声："我给你一周时间出现在我面前。"

他倒没想到，一直对什么都态度随意的言佑这次却十分坚决："不可能，让我相亲我宁愿在法国装病装到死。"

沈一凡绷不住了，低吼道："我怎么给你摆平？难道我还替你去相亲不成？"

言佑的态度立刻一百八十度大转弯，笑得如沐春风："老大，你能这么想那就真是太好了。"

沈一凡被他气笑了："你是脑袋被门挤了吗，这你都敢想？"

言佑却死猪不怕开水烫："我就当老大你答应了。小弟这边立刻订机票，一周后见！"

沈一凡看一眼直接被挂断的电话，忍不住骂了一句，这个言佑去法国待了两年，进化得比他还要无赖了？

他翻了个白眼，把手机扔床上，开始活动腕关节。这阵子太忙了，好久没锻炼了，周日去练散打的话，可能这几天要继续开始锻炼了。

周日下午一点钟。

沈一凡在C大附近吃过午饭就直接朝体育馆走去。他选了条最长的路线，慢慢走过学校里的小路和大道。

一晃四年过去了，因为是梁坤选的学校，当初他入学时对这里充满抵触，四年过后，他慢慢学会收敛锋芒，能够更加从容地面对一切，方才觉出这所百年老校的可爱之处。

走到体育馆门口时，他突然听到有人说起夏尔。

男生一号："听说咱散打社成立以来三任社长都是汉子，今年竟然是个美女，叫夏尔。"

男生二号："你可别小瞧女生，听说咱们社长很厉害的，曾经获得过全国青少年女子武术散打锦标赛的冠军，后来专注学业，就退出这些赛事了，但我敢说，放倒你还是没问题的。"

男生一号："嘿，怎么不拿你自己举例子？"

男生二号："好好好，人家同时放倒我们两个都没问题的，行了吧。"

沈一凡摸摸鼻子，夏尔这算不算"凶名在外"？他心里有些没底了，不知道自己全力以赴能不能制伏她呀。

他慢悠悠地往社团活动室走，走到一半，刚好有个熟悉的身影从拐角处走出来，正从他这边看过来。他笑着招呼："嘿，夏社长！"

夏尔扭头看见是他，嘴角不由自主地扬起一个弧度来。她走过来，有些惊讶："没想到你真的来了呀。"

沈一凡露出一口大白牙："你的物理题很难的好不好，我当然要来收等价交换物了。"

今天的沈一凡仍然戴着那对十字形的银色耳钉，夏尔的目光不自觉地游移到那里，心里酥酥痒痒的。很快，她回过神来，歪头做出一个请的手势："那解题小助手就请这边走吧。"

沈一凡笑着点点头，跟她一道去活动室。他一边走一边想，笑起来这么甜美、可爱的女孩，真想不到揍起人来一点不含糊。

很快活动室就到了，里面社员差不多都已经到齐了，大都是新生，正三三两两聚在一起聊天。

夏尔进去的时候，人群立刻安静下来。大家自发地排成两排站好，对夏尔和沈一凡行注目礼。沈一凡没多做停留，进门后就立刻站在人群的最后排，像个普通的社员一样。他一眼就看到有个精瘦结实的男生向夏尔走过去。

男生五官周正，身材硬朗，应该是很受女生欢迎的类型。此刻，他正在和夏尔汇报点名的情况，他个子大概一米八五，比夏尔高一个头，跟她说话的时候略微弯下腰去。这时候，沈一凡前面突然有人小声说："哎，萧锦城学长好帅呀，看着和咱社长真搭。"

他的同伴摆摆手："听说以前萧学长追求过社长，不过被社长拒绝了，他也不气馁，仍然留在散打社挂了个副社长的职位陪着她，可能想日久生情吧。"

日久生情？

沈一凡看着萧锦城的双眼微微眯起，难怪，他总觉得这男生看夏尔的眼神有些怪怪的。他心里暗道，看来这趟没白来。正想着，夏尔已经结束和萧锦城的谈话，开始跟社员做第一次讲话。她杏眼弯成一个月牙儿："大家好，我是夏尔，温文尔雅的尔，社团招新的时候我做过报告，大家应该都知道我，首先，欢迎大家来散打社。"

一阵热烈的掌声响起。待掌声平静下来，夏尔继续道："我看过大家入社的申请书，很多男同学是为了强身健体，女同学则是为了学一些有用的招式防身。我不敢打包票能让所有同学都得偿所愿，但我和散打社的其他负责人一定会本着对大家负责的态度把这个社团做好。

那么首先，我想说的是，要把散打的力量完全发挥出来，必须先有强健的体魄。如果双手双脚都用不上力，那就算学会再多的招式都只是花招子，所谓一力降十慧就是这个意思。所以，如果真的想在散打社学到一些实用的东西，那我要先提一个建议，就是从现在开始，希望大家每天都抽出一些时间用来锻炼身体，可以跑步，也可以是引体向上，或者大家可以选择其他任何可以锻炼腿部力量和臂力的运动。"

话说完，男生们还好，女孩子脸上大多浮现出抗拒的表情。很多女同学报散打社就是抱着速成的想法，现在听夏尔说散打社也要锻炼，都有些泄气。夏尔心里有数，但也不多说，直接进入正题："散打以踢、打、摔、拿四大技法为主要进攻手段。下面我和副社长先给大家简单做个示范。"说着，她递给萧锦城一个眼神。

萧锦城会意，后退几步走到她对面。社员们都一脸期待，毕竟这样的对打平时也不常见。

夏尔俏皮地冲萧锦城挑挑眉："副社长别留手啊。"

萧锦城无奈地笑笑："哪能啊，不留手都奈何不了你，怎么敢留手。"话说完，社员们一阵起哄。

沈一凡脸色微微发冷，怎么看都觉得萧锦城对夏尔说话时带着毫不掩饰的宠溺，让他看不顺眼。他心里有了一些想法，这时候，夏尔和萧锦城的对手已经开始了。

今天夏尔穿的是运动装，比在西汀酒店外见到她的那天利落许多。

她头发绑起一个高高的马尾，行动起来马尾辫飞快地摆动着，捕捉不到影子。因为是演示，夏尔拳法和腿法全方位混合使用，而萧锦城主要用到上半身的肩肘，以防守为主。夏尔见他没有全力以赴，出手速度越来越快，也越发凌厉。最后，她高高抬起的腿带着腿风停在距离萧锦城颈部一厘米的地方，萧锦城笑着认输。

夏尔撇撇嘴："这次没时间，不跟你计较，下次有空我们比一场，到时候用全力。"

萧锦城连连称是。

下面的社员都看呆了，尤其是女同学。在她们心目中，女散打选手一般都是孔武有力的，所以招新的时候见到夏尔，还以为她只是社团的门面担当，现在眼见为实，没想到，一个女孩子真的可以一边美好漂亮，一边英姿飒爽。虽然萧锦城有故意放水的嫌疑，但夏尔的动作干净有力，没有一招是虚的，简直就是一场视觉效果极佳的表演。女社员们现在对每天锻炼哪里还有抵抗，恨不得现在、立刻、马上就投入到锻炼大军里，夏尔现在就是她们的奋斗目标呀！

看到社员们的反应，夏尔知道，她的现身宣传起到效果了。她抿唇极轻地笑了笑："好了，热闹大家已经看过了，下面我们就进入正式的训练阶段。今天是社团第一次活动，我们来学习一下散打的基本姿势和直拳的基本技术……"

经过夏尔和萧锦城的演习，社员们的学习热情都十分高涨，两小时的社团活动进行得如火如荼。

沈一凡很给面子地专心听讲，该练习的时候也专心训练。每次夏尔的目光游移过来，他都毫不避讳地跟她对视，她却往往一对上他的目光就很快移开。沈一凡眼尖地发现，在他第三次对上夏尔的眼睛时，她的耳垂微微泛红了。他心一软，目光终于放开她，不再追着她不放了。

训练中的两小时过得飞快，活动结束，社员们纷纷满足地结伴离开，活动室只剩下夏尔、萧锦城和沈一凡三个人。

萧锦城看了沈一凡好几眼，这才想起，这个男生好像是和夏尔一起进来的。

"这位是？"

夏尔看了看沈一凡，似乎他们的关系也说不太清，索性含糊道："哦，他是我的朋友。"

萧锦城点头，再看沈一凡时，目光里却带了几分探究。沈一凡权当没看见，他懒懒的笑着对夏尔讲："夏教练，散打练了两小时，我饿了，想吃那家番茄鱼，你带我去吧。"

夏尔愣了一下，随即很自然地接口道："那行，我带你去吃。"她转身有些歉意地看着萧锦城，"今天不跟你一道走啦，副社长，我带我朋友去吃点东西。"

萧锦城看着沈一凡的目光更加怪异。他们还在大一的时候，每次训练结束，他叫夏尔一起去吃饭，夏尔都会顺道跟他一起，而且他也从来没见过她的这个朋友。强烈的危机感让他想说"正好我也有些饿了，不如三个人一起"，但对上沈一凡墨色的瞳孔里闪过的一丝玩味，这句话硬是卡在喉咙里没说出来。于是，他还没来得及说点什么，夏尔已经冲他歉意地摆摆手，转身跟沈一凡走远了。

夏尔和沈一凡朝小北门的方向走，沈一凡略微滞后一步，跟在夏尔后面。大概走了一分钟，夏尔突然回头问："小助手，你是不是不喜欢萧锦城呀？"

听到夏尔的称呼，沈一凡不禁笑出声来。"小助手"，听上去怎么有些小可爱，不太符合他的形象呀。

夏尔停了一下，跟他走成并排："你笑什么？"

沈一凡轻咳一声："没……没什么。你刚刚说我不喜欢萧锦城，怎么看出来的？"

夏尔理所当然地分析："刚刚训练结束，他显然在等我一起走，但你立刻就说要我和你去吃饭，也没有和他打招呼，也没有叫他一起，这还不是不喜欢他？"

沈一凡摸摸鼻子："嗯，分析得很有道理。"

夏尔不解："那你为什么不喜欢他？"

沈一凡没回答，而是很认真地看着夏尔，反问道："那你呢，都知道我是故意的，怎么直接就跟我走了？"

他声音很轻，目光却灼热。

夏尔想别开目光，却又觉得他眼里似乎有种神奇的魔力，让她移不开眼。她不是个擅长隐藏心事的女孩子，沈一凡三两句话下来，她的耳垂立刻又红了，说不出话来。

看她这样，沈一凡不想再为难她，想说两句打趣的话把这个话题翻篇，没想到话刚到嘴边还没出口，就听见她细小的声音响起："我也说不上来为什么，就是心底有个声音告诉我，我愿意跟你出来，就这样做了……"

远方夕阳斜斜地挂在天边，余晖柔柔地洒下来，落在夏尔年轻的脸上，她那样美，让沈一凡找不到一个合适的形容词来赞美她。

此刻，沈一凡终于明白，为什么最好的情诗在描写爱人时从来不会用太多华丽的辞藻，因为真心爱慕的人，再好的词来形容她，你都会觉得远远不够。

不知过了多久，沈一凡终于开口了，声音轻缓道："夏尔，那就跟我走吧。今天的番茄鱼，我请你。"声音缱绻，是他从未给过别人的温柔。

两个人一前一后向前走着，都没有再说话。某一刻，夏尔低下头，正好发现她和沈一凡的影子交叠在一起，被夕阳拉得无限长。她俏皮地伸出一只手指点点影子上的沈一凡的指尖，又飞快地把手收回去，像是怕被他发现。

沈一凡眼角的余光把她的小动作尽收眼底。他极低地咳了一声，把酥酥麻麻的感觉压在心底。明明是个干净利落的女孩子，为什么俏皮起来却又这么可爱呢？

第三章

乌龙相亲

难道现在像他这种高颜值的男人已经不吃香了？

周六。

言佑穿着黑色风衣戴着墨镜拉风地走在 C 市机场里，不禁哼起小调来，国内真好，连空气都是这么熟悉。正嘚瑟着，他突然感觉领子扼住了他的咽喉。他下意识后退两步，回头，一张毫无表情的脸出现在他视线里。

他半拉下墨镜，仔仔细细地看了好几遍，终于确认："老大，是你呀！你看还劳烦你亲自来接我。"

沈一凡凉凉的扫他一眼，又看看他手上拖着的行李箱，直入主题道："工作室前两天刚装修好，直接过去吧。"

言佑无奈："老大，不用这么急吧，这我人都回来了，跑得了和尚跑不了庙，你还怕我不给你打工？"

沈一凡冷笑一声："懂了，不急着去工作室，是急着去跟姑娘相亲吧。成，人生大事，我不拦你。"

一听这话，言佑态度立刻一百八十度大转弯："去工作室，立刻去！以后行李就放工作室，我一定勤勉工作，为工作室鞠躬尽瘁！"

沈一凡也斜他一眼，转身在前边带路了。

到了停车场，言佑一看沈一凡开的是奥迪，立刻有些失落了："老大，梁董之前不是送你辆劳斯莱斯吗，我可早就眼馋了，我这两年没回来，你也不说开豪车来接我，让我风光风光。"

沈一凡率先上车："你可少来，你爹宠你宠得什么似的，要什么车没有。"

言佑摆摆手："嗨，那都小意思。你要不那么倔，非跟你爸对着干，他打下的江山还不都是你的，C市谁能跟你比。"

沈一凡脸立刻黑了。言佑心头一紧，这才想起沈一凡和梁坤的关系一直是他的逆鳞，触不得。言佑赶紧干咳两声，默默转移话题："不说这个啊。对了老大，你打算怎么帮我应付相亲？"

沈一凡一只手把着方向盘，另一只胳膊懒懒的撑在车窗上："没打算。"

言佑声音立刻高了两度："什么？没打算？老大，你可不能这么对我啊！你这是欺骗我感情！"

沈一凡嫌弃地看他一眼："吵什么，坐好。不就吃顿饭，我去走个过场就是，还要什么打算。"说完，他也斜言佑一眼，冷着脸咬牙切齿道，"但如果再有下一次……"

言佑一听沈一凡没反悔，赶紧道："没有没有，绝对没下次，再有下次我一定亲自上阵！"

沈一凡一路载着言佑到工作室，那是栋二层小楼，虽然在靠近市中心的位置，但楼体隐在一条老胡同的尽头，四周都是绿植，环境安静宁谧，地段很不错。言佑将行李箱取下来，四下看了看："老大，你这选址可以呀，有种大隐隐于市的感觉，下了不小的手笔吧。"

沈一凡耸耸肩："梁坤选的，我没操心。"

言佑又朝四周看了两眼，突然发现什么："咦，老大，你看远处那栋楼，是不是西大的钟楼呀？难道这里在西大附近？"

沈一凡顺着他手指的方向看过去："眼神不错，就露了个楼顶都能看出来。"

"这话说的，好歹我大学就在西大隔壁好吧。对了，听说我那相亲对象也是西大的，今年好像才大二。"说起这个，言佑更加愤愤不平，"我真不知道母后是咋想的，让我去跟大二的妹子谈恋爱，那不得黏人黏死我。"

说到大二的妹子，沈一凡脑子里立刻浮现出夏尔的脸来。他鬼使神差地说了句："那倒也未必。"

言佑没当回事，随口道："老大，说得好像你跟大二的妹子谈过恋爱一样。"

沈一凡心头一动，不接话茬了，率先走进工作室。言佑赶紧提着箱子跟上："老大，你慢点，等等我呀！"

沈一凡让言佑自己选办公室，言佑拍拍他肩膀："老大，你是哪间呀，我在你隔壁就得了。"

沈一凡随手把车钥匙丢公共区的茶几上："我还没选，你这不是特聘吗，先由着你。"

言佑立刻做出感动的表情来："老大，你对我真是太好了，就凭你这句话，我言佑以后就任你差遣，你说东我绝对不往西！"

沈一凡一个抱枕扔过去，被他稳稳接下："快点选，少贫了，饭点快到了。"

"好嘞。"

言佑选好办公室，顺便问："这儿这么多间办公室，对于一个新开的工作室来说，多了点吧。"

沈一凡懒懒靠坐在沙发上："除了你，这儿剩下的工作人员都是梁坤指派的。他打算等工作室做起来就发展成梁氏集团的子公司，安插人过来意思就是不太相信我，打算垂帘听政呢。"

"嘿，你能这么平静地说出这番话，不像你的风格呀。"

沈一凡无所谓地勾了勾嘴角："有什么好生气，我本来就是把这里当成一个锻炼的平台，等到羽翼丰满，我就自立门户，他要盯着我就随他吧。"

言佑想了想，在他对面坐下，双手交叠，少有地认真道："懂了，老大，你叫我来，是打算拉我入伙是不是？"

沈一凡没否认："有这想法。不过不勉强你，看你自己意思。如果你已经有自己的打算，作为朋友我完全尊重并且支持你的决定。但打造新品牌的话，设计师是很重要的一环，除了你，我不放心别人，希望你至少能留下来帮我一到两年的时间。我知道你的能力，所以绝对不会因为我们是朋友，就压低你的身价，只要你留下来，价钱随你开。"

沈一凡说这些话的时候一直很诚恳地看着言佑，言佑知道，他说的都是肺腑之言。

言佑脸一沉，头一次没叫他老大，佯怒道："沈一凡，你说这话就是看不起我言佑了啊。我跟你什么关系，那是从小穿一条开裆裤的关系，说什么身价不身价。有你沈一凡一碗饭还能少我言佑一碗汤吗，以你的头脑加上我的天赋，干就完事了。"

沈一凡会心一笑："我就知道，你关键时候不会掉链子。"

言佑抬起拳头，沈一凡也抬起右拳跟他对碰："合作愉快！"

"合作愉快！"

相亲的地点是方圆圆选的，为了方便，她就近选了家西餐厅，这家餐厅的提拉米苏不错，她和夏尔经常过来吃下午茶。

　　方圆圆和夏尔到西餐厅的时候是五点二十分，距离约定的时间还有十分钟。夏尔随意挑了张桌子坐下，却被方圆圆煞有介事地拉起来："别坐这里，坐窗户边儿上那一桌。"

　　夏尔疑惑："有什么区别？"

　　方圆圆一脸运筹帷幄地指了指不远处的一个被矮桃木栅栏隔开的桌子："你们坐窗边，我坐那里，正好可以看到你们的情况，那个位置又很隐蔽，不容易被发现。等下我就把这个位置拍下来给我妈妈发过去，让她转告对方来了以后直接到那里好了。"

　　夏尔眨眨眼："怎么，是不是怕错过的是个超级美男子？"

　　"才不是呢，我是要时刻关注你们之间的进展，万一他对你真有了什么小想法，我暂时可没想好后招！"

　　夏尔翻了个白眼："得了，为了我对你这份感天动地的姐妹情，大不了我等会儿自毁形象，故意表现得差一些就是了。"

　　方圆圆一脸感动："我就知道，尔尔对我最好了！"

　　夏尔嫌弃地挡住她试图扑过来的身子，突然想起什么："对了，那男生叫什么名字呀？"

　　方圆圆一脸无奈："我不知道。"

　　"不知道？你连人名字都不知道怎么确定哪个是他？"

　　方圆圆叹一口气："还不是我妈整的幺蛾子，她说要保持神秘感，这样才更容易促成第一次见面的怦然心动，不知道她这是什么理论。目前我对那个人的了解，仅限于他是个二十三岁的男生，其他一概不知。"

夏尔愣了："那……意思是等下我和他相互确认身份，除了共享餐厅的座位，就只能靠心电感应了？"

方圆圆摆摆手："那倒不是，心电感应还是有点悬乎的。我妈跟我说他今天会穿一件红色底黑色水墨条纹的半袖衫，手腕上戴着一条蛇皮编织的腕带。"

夏尔瞪大眼睛："所以，你是把我的穿着打扮也报过去了？"

方圆圆嘿嘿一笑，她从手腕上把自己戴着的鹿角镶钻手链拨下来再套到夏尔腕上："这条是我最喜欢的手链，送给你！以后这就是我们友谊的见证了！"

说完，不等夏尔开口，她便一溜烟跑到那个被桃木栅栏隔断的桌子旁把头埋下去了。

夏尔一口气憋在胸腔里，她看着腕上那条细细的少女感十足的链子，心里一阵哀叹，真是交友不慎啊！

另一边。

下车后，言佑把手上纯黑色的蛇皮腕带取下来递给沈一凡，一脸谄媚道："老大，这个烦请你先戴一会儿。"

沈一凡眼尾一挑："定情信物？"

言佑咧嘴露出一口大白牙："老大真是聪慧无双。那个姑娘今天穿的是明黄色一字肩连衣长裙，手腕上戴着一条鹿角镶钻的链子。"

沈一凡乐了："一字肩你都知道？了解挺细致呀。"

言佑一脸郁闷："得了，你就别打趣我了。这可不是我了解的，还不是母上大人一手安排的。照片也没有，名字也不说，光告诉我个衣服款式。对了，那个女生已经到了，我妈刚刚把她的座位发过来了，我转发到你的手机上，你到了以后直接去那里。"

沈一凡轻笑："阿姨真是为你操碎了心，唉，我这是要帮着你驳了阿姨的一番美意啊。"说完，他随手将蛇皮链套在手上，双手插兜优哉游哉地朝餐厅走去。

言佑在后边压低声音喊："老大，记住我们的目标是终止这门相亲！请控制一下你的魅力，不要随便释放！"

喊完，他仍然觉得不放心。他默默想，沈一凡那张妖孽脸，论好看也就仅次于他吧，他还是得亲自跟进才能放心。

于是，言佑快步跟着沈一凡前后脚走进餐厅。

时间马上到五点三十分了。夏尔四下看了看，还没有发现目标男生出现。她给方圆圆发了条微信，说要先去趟洗手间。

方圆圆闲来无事，招来服务员想先点些吃的。没想到，菜单还没开始看，就有一道声音匆匆响起："且慢！"

方圆圆抬起眼皮，来人穿着黑色风衣，戴了一副夸张的墨镜，看不清眼神，只能看到他高挺的鼻梁和光洁的下颌，呼吸之间，他身上淡淡的西瓜味香水传进方圆圆的鼻息间。

方圆圆默默想，这么爱干净，还喷西瓜味的香水，一臭美男的，鉴定完毕。她挑眉："什么事？"

言佑一点不见外地坐下来："这位置让给我成吗？"

方圆圆一瞪眼："干吗让你，我先来的。"

言佑眉头微微皱起："我有事，急事，通融一下行吗？"

方圆圆翻了个白眼："我也有急事。"

言佑看方圆圆一副爱搭不理的样子，心里说不出的郁闷，难道现在像他这种高颜值的男人已经不吃香了？

他无奈，将目光转向递菜单的服务员，墨镜一摘，灿烂一笑："小姐姐，我要这个位置真有急事，你看能不能给这位小姐安排别处？"

方圆圆眼睛一瞪，嘿，她本人还在这儿呢，这男的就当着她的面明箱操作了？而且，看到他摘下墨镜，她气更不打一处来。这么好看，这不明摆着在用美男计吗？

她同样将目光转向服务员，眼神里压迫的意味很明显：总有个先来后到，让我让位置，你想一想合适吗？

服务员看看方圆圆，再看看言佑，一下子陷入两难。她吞吞吐吐：

"这个……我……要不您二位再协调协调？您看餐厅里还有不少空位置，也不一定非要坐这里……"

"我就是非要坐这里！"

"我就是非要坐这里！"

方圆圆和言佑不约而同看了一眼对方，嘿，还挺有默契。

言佑心里叹口气，好歹他是个男生，总不能欺负小姑娘，于是，他打算晓之以理动之以情。

他想了想，抬手指了指桃木隔断对面的位置："那里，看到那个位置了吗？今天我朋友要在那儿见相亲对象，我得跟着看看参谋参谋，你看，朋友的人生大事，这事够分量吧，你看能不能让我一步？"

方圆圆被他的话惊到了："你说你的朋友要在那里相亲？"

"嗯，有什么问题？"

方圆圆眯起眼睛，开始仔细打量眼前的男生。摘下那副招摇的墨镜后，他倒是看着唇红齿白、风流俊逸。这么说起来，眼前的人就是她那个相亲对象的朋友了？

她眼珠子转了两转，这个位置她肯定是不会让的，但是这男生话说到这份上，她要是不让是不是有些不近人情？

权衡片刻，她装作很诚恳道："实不相瞒，今天我朋友也要在那个位置见相亲对象，没准你朋友的相亲对象就是我的朋友。"

言佑愣了一下，难以置信地看着方圆圆，半天吐出一句："这么巧？"

方圆圆翻了个白眼："这位置我肯定不会让给你，你要是想待着就跟我拼个桌，反正我和你也都不是为了吃饭来的，你要是不想待着那就请便。"

看着方圆圆嫌弃的眼神，言佑内心极度不爽，他言小公子纵横花丛，什么时候被女生这么嫌弃过？这要放别的自恋狂身上，被人嫌弃，肯定很要面子地扭头就走，但他言佑的脑回路偏偏和别人不一样。他心里暗想，哼，看不上他，他就偏要引起她的注意！

于是，言佑"忍辱负重"地在方圆圆对面坐下，对服务员打了个响指："点单！"

服务员如释重负，赶紧拿来点菜的平板电脑。言佑为了展示自己的风度，很绅士地把平板递给方圆圆："借了你的桌子，我请客，随便点。"

方圆圆抬头瞟他一眼："真的？"她可没什么名媛包袱，尤其是对于美食，有人请客，不吃白不吃。

言佑有些诧异，这姑娘倒是一点不客气。不过他也不在意这些，淡淡地点点头："点吧。"

方圆圆来过这家餐厅很多次了，她直接略过了选择的步骤，娴熟地点起来。

"两份提拉米苏，一杯玫瑰奶昔，一杯英式红茶，一份绿豆冰沙，一份黑糯米双皮奶。主食的话一份茄汁肉酱意面，再来一份水果拼盘吧。"说完，她仰起头看向言佑，"你吃什么？"

言佑目瞪口呆："你吃这么多？"

方圆圆看他的眼神变得不可描述起来："你不会……不想请了吧？"

言佑被她眼神里的质疑深深刺激了，他言小公子什么时候请女生吃饭付不起账了？他当下一拍桌子："她刚刚点的，通通给我上两份！"他心想，这么多吃的，总能堵住这丫头的嘴了，奈何人家根本就不买账——

服务员抱着平板电脑正要走，却被方圆圆一把拦下来。

方圆圆瞪大眼睛看着言佑："虽然你可能很有钱，但也不能这么糟蹋吧。非洲多少小朋友连饭都吃不饱，你怎么能这么浪费！你这个人真的是……"

"你给我打住！"言佑气得太阳穴突突跳，"怎么你点这么多就可以，我点就浪费了？"

方圆圆理所当然道："我点的又不是我一个人的，两份提拉米苏分你一份，我喝玫瑰奶昔你喝英式红茶，绿豆冰沙、双皮奶和水果拼盘都可以一起吃嘛，你再点个主食不就好了？"

言佑无语："敢情我还应该感谢你为我考虑了？"

方圆圆撇撇嘴："那倒是不用，你别后悔请客就行。"

言佑被她那一副生怕自己跑单的神情气笑了，一时之间不知道说什么。还好服务员及时解围："二位，那个……请问这个菜单到底听谁的？"

方圆圆不说话了，低头摆弄手机，反正该说的她已经说了，谁付钱谁做主，要是这个"土大款"真要点那么多，就随他好了，大不了一会儿自己多吃点，反正不能浪费。

言佑看方圆圆安静下来了，心里的怨气散了一些，但脸色还是不太好，他咬牙切齿地说："听她的！再加一份红酒菲力牛排！"

当然，如果他知道自诩天才设计师的他被方圆圆当成"土大款"，他可能就不会这么好说话了。

方圆圆暗暗抿唇，嘿，看来这人还是讲得通道理的。

夏尔看着洗手间镜子里的自己，一字肩的连衣裙恰到好处地显露出她白皙的脖子和精致的锁骨，掐腰的设计更是将她纤细的腰肢完美地展现出来。她及腰的长发很有垂感地披散在肩膀一侧，镜子里的她五官精致、明眸皓齿。她有些无奈，不是她自夸，打扮得这么好，对方很难不心动吧？

本来她想穿得素一点，反正方圆圆的目的是让对方看不上她，穿得越土越好，但方圆圆又不乐意，说相亲成不成功是一回事，但也不能太邋遢，毕竟她妈妈和对方妈妈是认识的，女儿太邋遢岂不是丢了妈妈的面子？于是乎，她就无奈地看着方圆圆在衣柜里挑了这件亮眼、明媚的衣服。她鼓鼓腮帮子，心想，不管了，随缘吧，没准对方真是个帅哥，方圆圆看一眼就心动了呢。

她擦干手上的水珠往外走，没想到，一出门就撞见一个大熟人——沈一凡！她瞪大眼睛，嘿，这是什么缘分，在这里都能遇见！

沈一凡恰好从对面的男士洗手间出来，看到夏尔同样有些惊讶，不过他的嘴角很快就愉快地上扬起来："嗨，你好，夏尔教练。"

"嗨……嗨，你好，好巧啊。"夏尔也笑，不知道为什么，见到沈一凡她心里突然像有星星点点的光洒进来，她的心情不由自主明媚起来。

沈一凡看着夏尔的眼里带着惊艳："你……来这里吃饭？"

夏尔语塞了，该怎么说呢，难道说她是来替人相亲的？

她有些无措地将额前散落的一缕碎发别到耳后，垂下眼去左思右想，终于吐出一句："那个……我来办个事情。"刚说完，她突然瞥到沈一凡的手腕，他的手腕上居然戴着一条纯黑色的皮质腕带！

她心里一"咯噔"，视线上移，终于注意到沈一凡的穿着——红色底黑色水墨条纹的半袖衫！黑色蛇皮腕带！天哪，他不会是——

"你不会就是圆圆的相亲对象吧！"

"你不会就是言佑的相亲对象吧！"

夏尔刚刚抬手的时候，沈一凡终于注意到她手腕上的鹿角镶钻手链，于是，两个人才不约而同问出那句话。

"言佑是谁？"

"圆圆是谁？"

沈一凡和夏尔四目相对，两个人都有些蒙。

过了五六秒钟，夏尔终于反应过来。她"扑哧"一笑："圆圆就是方圆圆，你还记得吗？我们刚认识那天，和我一起的那个女孩子，她是我室友。"她歪头看着沈一凡，"看来，你也是来帮人相亲的。"

这种情况，沈一凡哪还有不明白的道理。他笑着摸摸鼻子："言佑是我从小玩到大的朋友。要是他知道他错过了这么一位大美女，他肯定肠子都悔青了。"话是这么说，其实他心里在想，还好一时大发善心答应言佑来帮他相亲，如果让言佑来和夏尔相亲，他才是肠子都要悔青了。

夏尔调侃回去："他后不后悔我不知道，倒是方圆圆，她可是个超级颜控，如果知道她错过的是你这样的大帅哥，她才要后悔呢。"

两个人商业互捧一番，最后不约而同相视一笑。

夏尔有些伤神："那……这相亲怎么办，圆圆还特意找了个隐蔽的位置打算刺探军情呢。"

沈一凡哭笑不得："实不相瞒，言佑刚刚也跟进来了。说起来，他们两个人还挺有默契，好好相亲没准真能成也说不定。"

夏尔眨眨眼："要不……我们就假装什么都不知道，然后坐着聊聊天？"

沈一凡表示没问题，他很绅士地做出一个请的手势："那你先过去，我随后到，我们分开走。"

夏尔点点头，转身先走了。

沈一凡看着她窈窕的背影，眼角眉梢笑意更深。他摸出手机给言佑发了条消息："改天请你吃饭，地点你选，价位随便。"

正密切关注着"相亲桌"的言佑点开微信，有些摸不着头脑。沈一凡帮他的忙，不是应该他请吃饭才对吗？

他飞快地回："老大，你是受了什么刺激突然这么想得开？"

对方立马回复："有钱，乐意。"

言佑翻了个白眼，飞快地按键盘："这事改天说，你人去哪儿了，赶紧过来！"

言佑刚点完发送键一抬头，身穿明黄色连衣裙的夏尔就猝不及防闯进他的视线里，在"相亲桌"坐下去。从这个角度，他只能看到夏尔的侧脸，但还是被她的颜值惊到了。

现在漂亮女生很多，但网红脸也不少，夏尔的好看是那种很自然的、令人赏心悦目的好看，下巴没有过分尖锐，鼻梁没有过分高挺，脸颊没有过分瘦削，整张脸美得恰到好处。此刻，她正单手拄着下巴百无聊赖地拨弄餐桌上花瓶里插着的玫瑰花，旁边用来做装饰的老式玻璃罩灯散发着昏黄的光，远远看去美好得像是一幅画。

言佑身子情不自禁朝夏尔的方向前倾了些，喃喃道："你别说，这姑娘还真不错，我妈这眼光可以呀。"

半天没人接话。言佑有些诧异地回过头，才发现方圆圆已经朝服务员刚刚端上来的意面下手了。她娴熟地用叉子叉着面大口送进嘴里，一脸享受，茄汁微微沾到嘴角也不在意。

言佑瞪大眼睛："你……你是不是女生啊？"

方圆圆懒得理他，心满意足地把嘴里的食物咽下去，骄傲道："我家夏尔当然不错了，你朋友能跟她相亲是他的荣幸！"

言佑想说我家沈一凡也不差的好吧。不过，他实在看不下去方圆圆的吃相，很嫌弃地抽了一张纸巾递过去："您擦擦嘴上的茄汁再说话行吗？"

方圆圆不情不愿地接过纸巾在嘴上抹了抹，道："同样是递纸巾，为什么电视剧里的男主角就递得让人心旷神怡，这个男人就递得让人咬牙切齿……"

"你悄悄说什么呢？"

"没有没有。你朋友来了，快看！"

方圆圆抬起头，正好看到沈一凡嘴角带笑地坐下。他拉椅子的时候，方圆圆对他的正脸惊鸿一瞥，咀嚼食物的动作都停了一瞬——妈呀，这是她的相亲对象？这不是那天给她和尔尔做证的那个车主沈一凡吗？

正欣赏着，一张纸巾突然出现在眼前。她回头，再次对上言佑嫌弃的眼神："把口水擦一擦。"

方圆圆一愣，连忙抬起手摸了摸嘴角，根本就没有口水！

她瞪言佑一眼，一把抽过他手里的纸巾："作为朋友，这有些人跟有些人怎么就这么不一样？"

言佑彻底忍不了了："怎么就有些人跟有些人了？不是，同样是帅哥，你为什么区别对待！"

方圆圆嗤笑一声："怎么就同样了，给帅分个等级，他的帅就是99分，你也就马马虎虎80分吧，墨镜太丑扣5分，香水太香扣5分，极其没有绅士风度扣10分，勉勉强强60分，过个及格线。"

马马虎虎？勉勉强强？言佑的表情立刻变得生动起来。想骂人吧，以他良好的家庭教养一时之间真想不出什么有内涵的脏话；想动手吧，又违背了他不和女人动手的原则。他咬咬牙，平复了一下心情，默默提起餐刀来。

方圆圆的表情立刻由刚刚的一脸嫌弃变成一脸惊恐："你……你别冲动啊，这里是公共场所！"

言佑冷笑一声。

至于吗？不就说了句实话！

在这万分紧急的时刻，方圆圆环顾了一下四周，她粗略算了一下，如果立刻撒腿跑的话，也不太可行，如果对方真的有歹心，她跑也跑不远，从背后来一刀，那感觉更可怕！

她心里哀叹一声，看来，必须使用非常手段来稳住敌人了！

她按了按扑通扑通乱跳的心脏，瞬间变得一脸谄媚："那个，我刚刚就是跟你开玩笑的，真的，你要是只有及格线，那世界上哪儿还有帅哥！我跟你讲，其实从你刚刚坐下，我就发现，你这个人有一种独特的气质。为了引起你的注意，我才故意对你冷言相对，其实我心里早就开始冒粉红泡泡了！"方圆圆偷偷瞥了一眼言佑，发现他正随手把玩着餐刀，然后一脸戏谑地看着她"深情告白"，一点也没有感动的意思。她咽了一口口水，心想看来还不够，还得加点料！

她灵机一动："哦，对了，刚刚我说你朋友99分也是随口胡说的！你看，都什么年代了，他还戴十字形耳钉，太非主流了吧……"

言佑表情略有松动，的确，他也觉得那对耳钉十分非主流。不过，很快他的脸就又黑了，因为，他听到方圆圆继续说："还有那个腕带，大男生不戴手表戴什么腕带，还真以为自己是韩剧里的花美男，太土气了吧……"

话没说完，她只听见"叮"的一声，吓得她下意识抖了两抖。视线渐渐下移，她才发现，原来是言佑把餐刀插进牛排里了，这一刀直接贯穿牛排，敲在底部的餐盘上，可见用力之深。她惊恐地眨眨眼，以为言佑要动手，却见言佑慢条斯理地将餐刀拔出来，开始娴熟地切起牛排来。他一边切，一边冷声道："闭上你的嘴，好好吃饭。"

原来不是要提刀砍她？方圆圆心里一松，那她就放心了！她讪讪一笑："吃饭，吃饭！我跟你讲，这个绿豆冰沙最好吃了，舀一大勺送进嘴里，那感觉……"

还没说完，她忽然感受到一道凉飕飕的目光落在自己身上。她默默闭了嘴，小声道："吃饭吃饭，食不言寝不语……"

看到沈一凡过来，夏尔的嘴角不自觉地微微扬起。沈一凡一边落座一边伸出一只手，朗声道："你好，我叫沈一凡，一二三四的一，自命不凡的凡。"

夏尔被他认真表演的样子逗笑了，将自己的手递上去："你好，我叫夏尔，温文尔雅的尔。"

沈一凡双手交叠放在餐桌上："我们……先点餐吧？想吃点什么？"

夏尔点点头："这家店我和圆圆经常过来，主食的话我很喜欢这儿的鳗鱼饭和黑椒牛柳意面，喝的东西玉米汁和紫芋奶茶都不错，健康养生。"说着，她招呼服务员过来，把点菜的平板电脑递给沈一凡，"你看看你比较中意哪个？"虽然她和沈一凡见面不超过五次，但她在他面前一点都不拘谨，这种自然相处的感觉让夏尔感到很舒适。

沈一凡没有接平板电脑，而是歪头笑："我不忌口，你来点，我买单。"

这句话明明很简单，夏尔的脸却莫名有些发烫。她嗓子里极轻地咳了一下，然后把平板电脑递回给服务员："那就两份鳗鱼饭，两杯玉米汁，然后再来一份蔬菜沙拉好了。"

等上菜的空隙，沈一凡先挑起话茬："我们不是来相亲的吗？"

夏尔微怔："我们不是来做样子的吗？"

沈一凡耸耸肩："来都来了，做样子不如做全套？"

夏尔还有些发蒙，就听沈一凡缓缓道："我今年二十三岁，夏天刚刚从西大毕业，工商管理专业，现在正和朋友一起做一家工作室，就是让我来帮他相亲的朋友。我们的工作室主要做服饰，之后会陆续推出一些服装系列。"

他顿了顿，继续道："家庭的话，我妈是我爸的第三个妻子，但我很小的时候他们就离婚了，我和妈妈一起生活，随母姓。我妈妈自己开了一家美容院，爸爸那边……我跟他来往不是很多，同父异母的兄弟姐妹也鲜少联系，等以后见到了我再给你介绍吧。我的情况大概是这样。"

没想到，沈一凡的家庭情况还挺复杂。夏尔想起认识的第一天沈一凡意气风发的样子，当时她还以为沈一凡是个富二代，现在一看，他背景也挺复杂的，从小就缺少父爱。想到沈一凡毫不隐瞒地跟她坦诚这些，夏尔的心不自觉地柔软了些，语气尽量轻快："原来你也是西大的呀，当时一起吃饭我还以为你第一次去呢，抢着当东道主，看来你才是真正的东道主。"

沈一凡摸摸鼻子:"当时你那么热情,我也没有开口的机会呀。不过那家番茄鱼我确实没去过,没想到小北门外还有这么隐蔽的一家美食店。"

夏尔抿抿唇,组织了一下语言道:"我是大二的学生,这个你已经知道了,我是学化学的,学生的生活也比较单纯,就是每天上上课参加参加社团活动。家庭的话,我爸爸在城南经营了一家武馆,一共有三百多号学员,主要教习散打术,我从小就是在这样的武术氛围里长大的,耳濡目染也学了一些皮毛,小的时候参加过一些散打比赛,不过后来我妈妈觉得女孩子还是文文静静比较好,我就退出比赛专心学习了。我有两个哥哥,大哥的话也很喜欢武术,未来准备接我爸的衣钵,二哥对武术兴趣不大,倒是挺喜欢做生意,我爸妈比较开明,也由他出去闯。嗯……我的情况大概就是这些。"

沈一凡笑:"谦虚了。如果你学的是一些皮毛,那世界上不就没有高手了?"

夏尔不好意思地摆摆手:"哪里哪里,低调低调。"

这时候,服务员正好来上菜了。两个人一边吃饭,一边有一搭没一搭地说话,气氛十分和谐。

方圆圆趴在桃木栅栏上疑惑地看着对面的沈一凡和夏尔:"嘿,你看那两人有说有笑的,我看有戏。你这朋友吧,表面上看还不错,至少颜值没拖后腿，配得上我们尔尔。希望不是金玉其外败絮其中。"

言佑翻了个白眼："人家表里如一的好吗！"他一边和方圆圆斗嘴，一边在心里暗暗琢磨，不会歪打正着，老大真和那个女生看对眼了吧？如果是这样，那老大岂不就是反过来欠了他一个大人情了？

想到这儿，他心里美滋滋的，一方面，如果对方和老大情投意合，那他的母亲大人肯定不能再出幺蛾子让他横刀夺爱了，另一方面，老大还得感念他给他创造了这个难得的机会。

正想着，突然一道不和谐的声音打乱他的思绪："鬼笑什么呢？"

言佑立刻敛了脸上的笑，十分高冷道："我看得差不多了，先走一步。再见！"

他慢条斯理地拿起餐巾擦手，还没来得及起身，就被方圆圆抢了先。方圆圆眼疾手快地提包起身："我也看得差不多了。记得买单！"说完，她便抬头挺胸地从言佑身边走过去了。

言佑一阵胸闷，敢情自己看上去就那么像会逃单的人吗？他翻了个白眼，正要招呼服务员过来，却见已经离开的方圆圆去而复返："还有，谁要跟你再见，再也不见才好！"说完，她才心满意足地拎着小包包离开。

言佑愣了两秒钟，等反应过来想回击的时候，方圆圆已经走远了。他气得拳头都收紧了。

这个臭丫头，最好再也不要让他看见她！

第四章
我的学生怎么能以及格为目标

"以后我罩着你，绝对不让你再受

欺负！"

沈一凡和夏尔相谈甚欢，一顿饭慢悠悠吃到七点半。

出了餐厅，两个人谁也没先说要离开，十分默契地走进西大校园里，抵着渐深的月色慢慢踱步。

夏尔今天才知道，原来沈一凡也曾是西大的学生，她现在生活的环境就是以前沈一凡生活的环境，这样想起来似乎他们确实有一种奇妙的缘分。

走着走着，不知不觉走到体育馆门口，沈一凡打趣："夏尔教练训练起社员来还挺有威严的。"

夏尔笑道："哪有，我明明是和颜悦色的。"

沈一凡眯了眯眼，正要说点什么，突然看到夏尔头上落了一片叶子，他轻声道："夏尔教练。"

夏尔下意识停止动作，沈一凡又道："你头上有片叶子，我帮你拿下来。"

谁知胳膊还没抬起来，一道不合时宜的声音突然响起来："夏尔，没想到你周六还会过来。"

夏尔扭头，发现是萧锦城，大概是周六晚上带着社员们自主训练呢。她冲他笑了笑，刚要打个招呼，耳边却传来低醇的一声："再等一小下。"

夏尔被这声音喊得回过头来，正好对上沈一凡星辰般的眸子。他目不斜视地看着她的头顶，然后动作轻柔地从她发间把那片叶子摘下来放到她眼前，笑道："好了。"

夏尔瞪大眼睛看着他，看着看着突然觉得脸红得厉害，赶紧别过头去跟萧锦城打招呼："你们在训练呀，我刚吃过饭，散步走着走着就走到这里来了。"

萧锦城越过夏尔看了看她身后的沈一凡，貌似无意地问了句："你们一起吃饭呀？"

夏尔点点头，没解释什么别的话，萧锦城便识趣地岔开话题了。

沈一凡退后两步，双手插兜倚在体育馆外的梁柱边，安静地等夏尔和萧锦城寒暄。他面上看着波澜不惊，其实心里早就开始腹诽，社长和副社长之间哪儿来的那么多话可以说？

等了差不多五分钟，萧锦城终于回体育馆去了，临走之前还意味深长地看了沈一凡一眼。不过沈一凡权当没看见，和夏尔一起优哉游哉地离开了。

时间不早了，沈一凡送夏尔回去。

分别的时候，两个人不知道该说些什么。夏尔找了个话头："那个……如果你有空，可以经常到散打社来学习，这样以后就不用怕那些小混混了。"

她顿了顿，解释般地继续道："其实，男孩子在外边也是需要好好保护自己的……"

沈一凡哈哈大笑，笑得差点儿直不起腰来。

夏尔瞪他："你笑什么？"

沈一凡赶紧敛了笑意："没，我觉得你说得特别对，夏尔教练，以后我一定经常到散打社报道，还望夏尔教练多多指教了。"

夏尔努努嘴，到底在笑什么呀，她是哪句话说得不对了吗？

夏尔回宿舍以后，毫无意外地受到了方圆圆的问题轰炸。

"想不到跟我相亲的人是沈一凡，快说说，你们有没有擦出什么火花，我看你们相谈甚欢，是不是歪打正着了？"

夏尔翻了个白眼："方圆圆，有个事情我必须告诉你。"

方圆圆眨眨眼："你说，你说嘛，是不是要告诉我，你要和我的相亲对象在一起了？你千万放心，这事我是一点意见都没有的！"

夏尔无语地看着她，慢悠悠道："我是要告诉你，沈一凡也是替朋友来相亲的。"

方圆圆一时没反应过来："什么？"

夏尔继续解释："说起来，你和他的朋友还挺有默契。你不想相亲，人家也不想，所以就成现在这个形势了。"

方圆圆眼珠子转了好几转，终于明白过来："那……原本要和我相亲的是谁？"

夏尔耸耸肩："好像是叫言佑，具体情况我也不清楚，不过听说他也很好奇相亲的情况，所以跟你一样躲在不知哪个地方看着呢。"

一听这话，方圆圆瞬间五雷轰顶。这样说起来，她的相亲对象岂不就是那个跟他抢座位的公子哥？

她眼前一黑，本来她是要躲相亲的，结果歪打正着，最后她还是在不知情的情况下跟那个人相亲了？

夏尔看方圆圆这样，也猜到个七八分情况。

她坏笑着摇摇方圆圆的胳膊："看你这样，你是不是见过他朋友了？怎么样呀，有什么感觉？"

方圆圆瞪大眼睛："我对他能有什么感觉？"

夏尔饶有意味地笑了笑："好好好，没感觉就没感觉嘛。"

方圆圆很快反应过来她被反客为主了，赶紧捞回主动权："喂，明明是我在问你，你不要转移话题！说嘛，你和那个沈一凡有什么情况？"

夏尔避开这个话茬："能有什么情况，之前的划车事件好歹是认识了，既然已经闹了乌龙，就一起吃个饭聊聊天呗。"

她怕方圆圆再追问，赶紧继续道："好了好了，不说了，反正这次的事情我是帮过你了，下次再有这种事你就自己应付吧。我写论文了，周一要交呢。"

说完，她便转身从包里收拾出自己的论文本开始写作业了。

方圆圆努努嘴，心里想着，一定有猫腻，迟早会露出马脚！

不知怎的，她脑子里突然浮现出言佑那张很欠的脸，她妈妈一定是上了年纪眼神不好，不然怎么会觉得言佑那样的人是不可多得的好男孩呢？

沈一凡果然说到做到，"相亲"事件之后，他几乎每个周日都抽空到散打社参加训练活动，萧锦城对此当然一百个不乐意，奈何是夏尔的朋友，他也不能直接把人赶出去，只能对沈一凡冷眼相对。

不过沈大公子心态一向好得很，对于萧锦城眼神里的挑衅，他从来都是熟视无睹的。

10月的一个周日，参加完训练，沈一凡请夏尔吃饭，他带她去了市中心一家新开的泰国菜馆，他一向不太关注吃喝玩乐上的事，这家店还是言佑介绍给他的。

进了餐厅，沈一凡扫视一圈，店铺的装潢奢华但不庸俗，有情趣、有格调，他暗暗点头，不愧是言佑，论享受这方面，真是没人比得上他。

本来他是十分满意的，如果没有在上楼的时候遇见梁轩的话。

梁轩是沈一凡同父异母的二哥，一直和沈一凡不睦，即使沈一凡已经离开梁家多年，他也一直要跟沈一凡比个高低，小时候比学习成绩，长大了就比工作能力。梁轩尤其在乎父亲梁坤对他和沈一凡的看法，想在各方面都压沈一凡一头，让父亲知道他才是最合适的继承人——但很遗憾，这么多年来，除了听话这一方面，他没有其他地方再比沈一凡做得更好，偏偏父亲对沈一凡的叛逆格外纵容，这让梁轩对沈一凡的厌恶更甚。

在楼梯的转角见到梁轩时，沈一凡只觉得有些败兴，不过情绪也没有太大波动，像不认识他一样和夏尔继续往上走。他是懒得找不痛快，偏偏有些人好像天生爱找事。于是，在夏尔疑惑的目光下，梁轩一抬胳膊把他们拦了下来。

"这不是沈大公子吗？怎么现在见了面连个招呼都不打了，好像不太礼貌吧？"

沈一凡掏掏耳朵，语气漫不经心："有事说事，没事别挡道。"

梁轩冷笑一声："弟弟脾气见长，是今天佳人在侧，给你添了底气吗？"

夏尔惊了，弟弟？

她是听沈一凡说过他有同父异母的哥哥，但没想到和他一点都不像，做哥哥的这么浮夸，还这么尖酸，难怪沈一凡和他们不睦了。

沈一凡懒得搭理他，隐隐把夏尔护在身后，迈步要走。

梁轩却仍然不依不饶："还是弟弟有本事啊，女朋友都这么水灵，想必是遗传了你母亲。"

沈一凡眼神彻底冷了。梁轩怎么说他，他都懒得搭理，但梁轩要说沈艾，他就不能由对方了。他松开夏尔，正要动手，夏尔却抢先一步把他拉到身后。

夏尔皱着眉头看向梁轩："你刚刚说什么，再说一遍！"

夏尔眼里带着生气和不满，看得梁轩忍不住笑了，他阴阳怪气道："没看出来呀，沈一凡，你现在都要靠女人护着了。"

沈一凡念头一转，神色恢复如常，没搭腔，像是默认了。

梁轩更加嚣张，饶有兴味地看向夏尔："小妹妹还挺厉害，你看我比起他也不差，要不你考虑考虑我？跟了我，以后我保护你，肯定不让你出面。"明里暗里都是对沈一凡的讽刺。

夏尔眼神又冷了两分："我劝你现在马上给他道歉。"

梁轩被她眼里的冷意震了一下，不过他想，一个还没长开的小姑娘能有什么好怕的，他连沈一凡都不怕，还能怕她？于是，他更加肆无忌惮："我要是不道歉呢？"

夏尔嗤笑一声，回头看沈一凡一眼。

沈一凡轻咳一声："那个……下手轻点。"

梁轩还没明白他俩啥意思，突然感觉肩膀一紧，下一刻，他整个人都重心不稳单膝跪在地上，两臂被夏尔拧到背后不能动弹了。他痛呼一声，想要反抗，但每当他想要用力，夏尔压他胳膊的动作就重一分，扯得他肩膀生疼，眼泪都快出来了。

夏尔咬牙切齿："想保护我？先看看你自己够不够格！"说完，她手上又用了几分力气，"道不道歉！"

梁轩咬紧后槽牙，让他对着沈一凡那张脸道歉，真的是比卸他一条肩膀还让他难受。他此时心里郁闷极了，这个沈一凡真的是，自己厉害就算了，身边的妹子也这么厉害？

夏尔看梁轩没反应，也不着急："哦，看来还是我下手太轻。"说着，她直接把梁轩提起来，然后双手扶住他的肩膀，单膝顶在他后背上，"我再给你一次机会，你要是还不道歉的话，我看你的脊柱好像也并不十分结实啊……"

脊柱？这来一下还了得，岂不是得半身不遂？梁轩慌了，额头上冷汗都出来了。他是打心底不想对沈一凡屈服的，但随着夏尔的膝盖顶得越来越用力，他内心的恐惧终究是占了上风，于是只能咬着牙道："对不起！"

夏尔不依不饶："对不起谁？"

梁轩狠狠瞪沈一凡一眼："沈一凡，对不起！"

虽然认错态度有些差，但沈一凡也明白，以梁轩对他的厌恶程度，让他再诚恳一些也是不可能的了。沈一凡轻声对夏尔道："可以了，放开他吧。"

夏尔点点头，松开梁轩。梁轩惊魂未定地倚在墙壁上大口大口喘气，一边惊悚地看着夏尔，好像她是洪水猛兽。只见她轻松地拍了拍手上的灰尘，淡淡道："这就对了，做哥哥的就要有些做哥哥的样子，欺负弟弟算哪门子哥哥？"

梁轩差点一口气没提上来："我欺负他？"他指向沈一凡的手指都颤抖了。天知道，虽然他经常挑衅沈一凡，但他这个弟弟又不是省油的灯，哪能让他占到便宜。说吵嘴吧，沈一凡从来当他是透明人，不屑跟他吵；说打架吧，沈一凡狠得跟个禽兽似的，谁打得过！他也就是表面看着厉害些，哪里敌得过沈一凡心狠，现在这女人居然说他欺负沈一凡？

梁轩刚要辩驳，只听沈一凡轻声对夏尔道："今天这事就算了吧，想必你教训过他之后他也不敢再欺负我了，我们去吃饭吧。"

梁轩听得目瞪口呆。

夏尔乜斜梁轩一眼，以示警告，然后才道："好吧，那走，我都快饿死了。"

看着他们俩的背影，梁轩咬碎一口银牙，瞧瞧沈一凡那个小绵羊般的眼神！他以前只知道这家伙冷情，看不出来，这还是个戏精啊！

等上菜的间隙，夏尔十分"怜惜"地看向沈一凡："你有这样刻薄的哥哥，小时候肯定受了不少委屈吧？"

沈一凡抿抿唇没说话。

真说起来，他还确实没受过什么委屈。小时候虽然兄弟姐妹之间玩得不好，但当时梁坤偏爱他这个小儿子，他也不受气。夏尔这么问，他都有点不知道怎么回答了。

然而，他的沉默在夏尔眼里就是默认了。她鼓鼓腮帮子，重重地把茶杯压在桌子上，茶水都险些溅出来。

"真是不像话！"她很豪气地拍拍自己的胸口，"以后我绝对不让你再受欺负！"

沈一凡极轻地咳了一声，险些被刚入口的茶水呛到。

夏尔琢磨着自己刚刚这话是不是有点把沈一凡吓到了？她赶紧补了一句："那个……我们说好的嘛，互相帮助，我保护你，你教我做物理题。"

沈一凡深以为然地点点头："嗯，合理。"他唇畔带笑，"那用得到我的地方千万别客气，夏尔教练。"

夏尔摆摆手："好说，好说。"

十月中下旬，西大迎来了期中考试周。夏尔不仅要应付各种必修课的考试，很多选修课也布置了中期作业，忙得她晕头转向，散打社的活动也暂停了。

这阵子在沈一凡的指导下，夏尔的物理比一开始好了很多，但物理老师提前打了预防针，说为了检验大家的听课状态，这次的期中考题目会难一些，但给分题会控制在 60 分左右，只要认真听课，及格不成问题，如果这样还不及格的话，这门课就会直接给挂掉。

这让夏尔又紧张起来，开始疯狂刷题。虽然沈一凡说有问题可以随时问他，但她知道最近沈一凡的工作室刚开始运行，有很多事要处理，她也不好意思总是打扰他，一般都是先自己参考答案，实在不懂的地方才会汇总起来向他请教一下。

意外的是，在物理考试的前两天，她接到了沈一凡的电话。

沈一凡声音轻快："物理考试是什么时候？"

夏尔老实答："后天。"

沈一凡笑了："那还不算晚。今天下午有空吗，要不要一起喝杯咖啡？"

夏尔哀叹一声："我头都快秃了，哪还有兴致喝咖啡。"

沈一凡佯装遗憾："哎呀，那没办法了，本来我还想顺便给夏尔教练梳理一下物理考试的知识点呢。"

夏尔趴在桌上的身子立刻直起来了："真的？"

沈一凡压下嗓子里的轻笑："嗯，但看你这么累，还是算了。"

"别别别，我有空！你想喝什么，我请客！"

沈一凡终于忍不住笑出来："好了，下午两点半，在东门外的主题咖啡馆见。"

夏尔刚要应声，但突然想到什么，有些犹豫了："你最近是不是很忙呀？要不还是算了，我好好复习一下，及格应该还是可以的。你有空还是好好休息休息吧。"

沈一凡揉揉眉心，他最近确实有些累，因为要赶上年底的销售热潮，以言佑为主的设计团队每天都在加班加点地工作。作为老板，他自己也不能松懈，最近两周几乎连轴转，好不容易才空出一个下午。不过，这些事他自然不会跟夏尔提。他语气尽量轻松地调侃："那哪儿能，我可不允许我教出来的学生以及格为目标。"

夏尔不好意思地挠挠头："那……麻烦你啦。"

沈一凡笑："不麻烦。"

夏尔到咖啡馆的时候沈一凡已经到了，他坐在靠窗的位置，正在对着笔记本电脑工作。

看到夏尔，他笑着朝她挥挥手，然后收了笔记本电脑放到一边："喝点什么？"

夏尔放下书包："我对手磨咖啡不太了解，你来点吧。"

"你喜欢口味偏甜一点还是偏苦一点？"

"甜一点的吧。"

沈一凡想了想："那你来一杯原生瑰夏吧，这个甜度还可以，有花香和火龙果风味，女生应该会挺喜欢的。"

夏尔笑了："没想到你对这个还蛮懂的。"

沈一凡摸了摸鼻子："也没有，我妈喜欢这些，我耳濡目染学了一点。"说着，他自己点了一杯日本深煎。

夏尔歪头："这款又有什么讲究呀？"

沈一凡把点好的单递给服务员，然后慢慢给夏尔讲解："这款咖啡复刻了日本传统茶店中经典的深煎风味，有苦后回甘的回味，香气馥郁，余韵悠长，主要特征就是口感浓郁，不过大部分人会觉得这一款比较苦就是了。"

夏尔彻底服了："你讲得好专业，都可以去当世界咖啡鉴赏师了。"

沈一凡十分谦虚："哪能，我也只是懂一点皮毛。"

夏尔一副了然的表情："我懂，我平时也说自己的散打只是学了点皮毛。"

沈一凡忍俊不禁："我说'皮毛'可是真的，原来夏尔教练是在谦虚。"

夏尔撇撇嘴，懒得跟他搭话了。她从包里拿出物理习题册摊开在桌上："我们怎么复习呀，是做习题吗？"

沈一凡摇头："习题不急，从你之前问我的问题看，你的基础知识可能还有些薄弱，我给你做了一个知识点的提纲，先来顺一下知识点再看习题吧。"

说着，他拿起手边一沓钉起来的 A4 纸，缓缓笑道："夏尔教练，你坐我对面好像有点不方便。"

夏尔愣了一下，随即明白他的意思。她刚到的时候直接坐到沈一凡对面了，这样讲课好像是不太方便。

她"哦"了一声，然后默默起身在沈一凡身边坐下，不过还是很矜持地跟他保持了几十厘米的距离。饶是这样，她的耳垂也偷偷红了起来，目光完全落在沈一凡递给她的讲义上，不敢抬头看他。

沈一凡把她的反应尽收眼底，嘴角不自觉地勾起一个弧度，也不点破，开始拿铅笔耐心地给她讲解起来。

夏尔看到讲义的时候着实惊了——这个讲义实在太细致了，简直比老师给出的复习大纲还要细致。知识点的大框架是铅印的，但所有的标注都是手写的，他写得十分工整，尽管知识点很繁杂，但看上去也有条有理。这让夏尔又想起他第一次给她解题的时候，也是正楷的汉字、花体的字母，让人赏心悦目。

她不禁有些感动，沈一凡工作那么忙，还花心思花时间给她做这么细致的东西，可见十分用心。

她下定决心，一定不给沈老师丢脸，期中考试至少要拿 80 分！

沈一凡讲得深入浅出，从原理上给夏尔讲了每一个公式中字母的意义和该公式的应用场景，上了两个小时课，夏尔都觉得物理要从她的弱势科目变成强项了。

在漫长的讲解后，沈一凡最后给她布置了一道综合物理题来检验学习成果，夏尔兴致盎然地读起题目来，她小声嘀咕着解题思路，然后把综合题拆解成一个一个的小问题来分步解答。沈一凡满意地点点头，看来她的领悟能力还是不错的。

夏尔奋笔疾书，马上就要把最后一步写完了，这时候，手机却不合时宜地振动起来。

夏尔专心投入到解题里，没听到，沈一凡却眼尖地看到她手机屏幕的微信提示，消息是来自萧锦城的："社长，如果你还没找到拍摄MV的搭档，要不我……"

后面的内容被隐藏了。沈一凡的眼神不自觉凉了一瞬。

终于，夏尔落下最后一笔，兴奋地把草稿纸递给沈一凡："沈老师，快看一下，我解得对不对？"

沈一凡接过稿纸扫视一遍，十分满意地点点头："结果是对的，每个小步骤也都是对的，看来你确实学会了。"

夏尔激动地比了一个"耶"，十分想给沈一凡一个大大的拥抱以示感谢，不过她还是忍住了。

沈一凡喝下最后一口咖啡，不动声色地提醒："对了，刚刚你手机响了一下，好像有消息。"

"是吗？"夏尔后知后觉地捞起手机查看，刚看两眼，她就流露出惆怅的神色来。

　　沈一凡很自然地问："怎么了，有什么事吗？"

　　"也没什么，就是我之前图新鲜，报了一门讲编剧的选修课，期中有一个小作业，以小组为单位提交一个自编自演的小短片，我们小组打算编排一段 MV，分工的时候编剧和视频剪辑都被人选了，我就很倒霉地分到了出演女主角的任务。"

　　看她一脸苦相，沈一凡不禁乐了："说明大家觉得你的形象适合女主角呀，好事。"

　　夏尔哼哼两声："那是你不知道他们要拍的是哪一首歌的 MV。"

　　"哪一首？"

　　"《告白气球》！"

　　沈一凡想了想："我好像听过，挺甜美的一首歌。"

　　夏尔疯狂点头："对呀，就是甜美！这哪符合我形象了，我都快愁死了。这还不算呢，最难的是，我们组没人愿意出演男主角，要不就是有女朋友了避嫌，要不就是害羞，你说这情况多尴尬。"

　　沈一凡皱皱鼻子："和夏尔教练搭戏都不积极，真是没眼力。"

　　夏尔瞪他一眼："少说风凉话了，沈老师。"

　　沈一凡笑了，随口道："这简单，我记得你们散打社的副社长就很不错，而且看起来你们关系也挺好，让他来救个场不就好了。"他说这话的时候看似漫不经心，实际上一直在关注夏尔的反应。

听了他的话，夏尔嘟嘟嘴："他呀……他是不错，但是我不太想麻烦他。"

"哦？怎么了？"

夏尔捏捏耳垂："也没有什么特别的事，就是……"她不好意思地看了沈一凡一眼，"说出来不怕你笑话，虽然我没谈过恋爱，但我又不傻，我能感觉到，副社长对我还是很不一样的。我对人家又没有那方面的想法，自然不能总麻烦人家，万一让他误会了怎么办？"

沈一凡胳膊支在桌上挂着额角安静地看着夏尔，他们明明才认识一个月不到，远不及她和萧锦城相识的时间长，但她对他如此坦诚，一时间他有些摸不准这种现象是好是坏了。一方面，她可能待他确实与众不同，但另一方面，她也可能只把他当成一个知心好友，所以才可以毫不避讳地向他倾心吐露任何事。

他暗暗想，可不能再任由她觉得他只想跟她做"知心好友"了。

夏尔说完话才发现沈一凡一直在安静地看着她，她抹抹脸："我脸上有东西吗？"

沈一凡缓缓坐起来，用右手食指的指腹擦拭她的嘴角，她下意识要躲，沈一凡收回手去，轻声道："抱歉，你嘴角有咖啡渍，想帮你擦一下的，唐突了。"

夏尔嗓子有些发干，抬手按上嘴角："啊，这里吗？"

沈一凡笑着点头。

夏尔默默擦拭嘴角，一边擦一边想，人家刚刚为你定制了私人讲义，还花心思花时间教你功课，或许她对沈老师……可以再少一些生疏和防备？

沈一凡倒是没想那么多。

他顿了顿，接着刚刚的话茬道："我觉得你的考虑不无道理。"他像是突然想到什么，"夏尔教练，不愿意麻烦他的话，不如麻烦一下我怎么样？"

夏尔怔了："什么？"

沈一凡慢条斯理地给她分析："你看，你不想麻烦副社长，是因为不想让他曲解你的意思，那我就不一样了，我们之间是互相帮助的关系嘛，我还要仰仗夏尔教练教我散打，那我顺手帮你一个小忙也没什么，举手之劳，你说呢？"

夏尔赶紧摆摆手："不用不用，"她指了指那本物理讲义，"说好的你教我物理题，你现在已经帮我够多了，而且你工作也不轻松，怎么好再麻烦你别的。"

拒绝了？不想麻烦萧锦城，也不想麻烦他，这可不是个好兆头。

沈一凡流露出遗憾的表情："这样啊，本来我还想忙里偷闲回大学重温一下学生时代的乐趣，拍摄 MV 听起来就很有趣，正好可以让我工作之余放松放松，既然夏尔教练这么见外，那就算了吧。"

夏尔愣了一下："你说真的？"

沈一凡摊手："千真万确。"

夏尔豪爽地笑了："哪是见外，是真的怕耽误你工作。我教你散打那是课余时间嘛，但你已经工作了，占用你工作时间帮我做这做那我心里肯定过意不去。既然你想体验一下，那行，回头我把他们编排的剧本发给你，这个作业半个月之后交，大概得等我们组的成员考完试才会开拍，到时候你哪天有时间可以跟我讲，不过千万别勉强，还是工作重要。"

沈一凡终于露出笑意："这就对了，夏尔教练，我肯定不拖你们后腿。"他心里想，《告白气球》听着真是一个很合时宜的名字。

夏尔仔细地打量沈一凡那张俊朗的脸，这样近距离看才发现，作为一个男孩子，他的皮肤是真的好，细腻得连个毛孔都看不到！

她没忍住，抬手捏了捏他的脸，很满意地点点头："嗯，你长得就不太像能拖后腿的。但我可能会拖一点点，到时候沈老师多多提携吧！"

沈一凡会心一笑。

十月末的一个周六，言佑加完班到沈一凡的办公室叫他："老大，今儿要不要小酌两杯舒活舒活筋骨啊，这阵子忙死了，一个周末都没好好过。"

沈一凡正在翻看什么,看言佑进来,淡淡瞥他一眼:"今晚有事。"他和夏尔约好明天去拍 MV,今晚要抽空看看剧本。

言佑刚要问有什么要紧事,突然扫到沈一凡的右耳戴了一只蓝牙耳机。他有些好奇:"老大,听什么呢,我不记得你有听歌的习惯啊。"说着,他三两步走过去取下沈一凡的耳机塞到自己耳朵里。

沈一凡没拦他,于是,他很快听到一阵轻快的旋律:"亲爱的,爱上你,从那天起,甜蜜得很轻易……"

言佑挑挑眉,把耳机重新塞回沈一凡耳朵里:"嘿,老大,什么时候爱上周董了,我听这歌不像你风格啊。"说着,他又眼尖地瞥到沈一凡手边的文件上好像有"剧本"两个字,"怎么还看上剧本了,打算改行投资影视业了?"

沈一凡伸了一个懒腰,双手枕在脑后靠着椅背,轻笑一声:"友情出演一下。"

言佑顺手捞过那本剧本,这才看到完整的标题——《告白气球》MV 小剧本,副标题还标注了"编剧课程作业"几个字。

他瞬间明白了,暧昧地笑起来:"我看不是友情出演,是爱情出演吧。小夏同学的课程作业?"

沈一凡扫他一眼,没答话。

言佑来了兴致,冲沈一凡挤眉弄眼:"什么时候拍呀,听着挺有意思的，要不把我捎带上，没准我还能作为情感导师给你们提点意见什么的。"

沈一凡一把推开他凑过来的脸："少给我添乱。"

言佑幽怨地看他一眼："老大，你以前不是这样儿的啊，以前我在你心里不是最重要的吗，瞧瞧你现在对我这个态度，为了爱情酒都不陪我喝了，还不带我一起玩，真是太让人心痛了！"

"言佑，不管是以前还是现在，我都希望你能清醒一点。"

第五章
告白气球

"如果，我是真的对你一见钟情，

想要追求你呢？"

Baigei Duini

De Xindong

《告白气球》剧本编排的主要情节是一个桀骜不驯的男生玩滑板的时候不小心碰掉了女生的书本，然后对这个乖巧的、容易害羞的女生一见钟情，对她展开一系列追求，女生是个乖乖女，一开始坚持说她和他不是一个世界的人，但最后还是慢慢被男生感动，接受了他的告白，看着是个挺普通的恋爱故事。

　　沈一凡花了些时间读这个剧本，读来读去总觉得少了那么几分意思。他想了很久，最后照着夏尔给他的剧本上的联系方式联系到组长兼编剧："请问是方卓吗？"

　　"你好，我是沈一凡。"

　　"对，是我，明天我会过去和大家一起拍摄。"他笑了笑，"方编剧，你的剧本我看过了，我觉得剧情的安排都很好，不过对于结尾的部分，我有一点小小的想法，我们探讨探讨可以吗？"

可能是天公作美，周末的天气格外好，银杏大道的银杏叶都被镀上一层灿烂的金色，把氛围渲染得格外美好，这就是夏尔的课程小组约定碰头的地方。

沈一凡是最后一个到的，夏尔远远瞧见他，冲他招手。

他小跑过来："不好意思，路上堵车，来晚了点，一会儿拍完请大家吃东西。"

应编剧的要求，今天他穿了一身黑色铆钉衣搭黑色休闲裤，看着有些许痞气，他手上还提着一个手提袋，里面有一套备用的衣服，打算一会儿转场的时候换；而站在他旁边的夏尔则穿了米白色的针织连衣裙，头发编了两根麻花辫顺着脸颊垂下来，看着乖巧温柔。

方卓心里暗道，夏尔这个外援真是不错，郎才女貌，怎么看怎么像是一对，她怎么说只是朋友关系呢？

来不及想太多，方卓赶紧摆摆手："没事没事，学长，你能来帮忙我们已经很感谢了！"之前夏尔已经把沈一凡刚刚从西大毕业的事告诉大家了。

方卓简单将组员给沈一凡介绍了一遍："这是负责视频拍摄的乔航天，这是负责后期视频剪辑和特效的赵宇，这是负责道具和场地的杨诗诗。"

沈一凡一一点头致意："请大家多多指教。"

方卓嘿嘿笑了："学长，我们这个剧情安排不是那么复杂，关键是营造的感觉要到位，让观众从镜头里就能感受到那种初恋的甜蜜感，今天你和夏尔才是主角，我们都是打酱油的，靠你们啦。"

沈一凡转头看夏尔。她摊摊手，冲他做了个很无奈的表情："别看我，我跟你讲过甜美的风格不太适合我，而且那个……初恋的甜蜜感，我也没什么头绪，一切听从大家安排。"

沈一凡忍不住笑了，他钩了钩她麻花辫的发尾："我看这发型就挺甜美的啊。"他顿了顿，语气似乎少了几分慵懒，"而且，我看剧本是我追求你，又不是你追求我，到时候你配合我就好了。"

那个"我追求你"他说得格外慢，夏尔对上他含着笑意的黑曜石般明亮的眼睛，心跳都漏了一拍，险些以为他是真的要追求她。

不过很快，沈一凡就移开目光转向方卓："方编剧，那我们就开始吧？"

"好，开机！"

第一个情景是沈一凡在长桥上滑滑板撞到夏尔，杨诗诗把提前准备的滑板递给沈一凡。

夏尔悄悄戳戳沈一凡的胳膊："这个你会滑吗？"

沈一凡笑："会点皮毛吧。"

夏尔努努嘴，她现在也不知道沈一凡说的"皮毛"是真的皮毛还是谦虚了。不过，她很快见识到沈一凡说的"皮毛"是什么了。

方卓安排夏尔抱着一摞书慢慢地从长桥的一头往对面走，然后沈一凡从对面滑着滑板往这边走，虽然是周末的早晨，长桥上人也不少，因为穿过长桥就是图书馆，很多同学要去上自习。而沈一凡游刃有余地在人群之间穿梭，好几次夏尔都感觉他要撞到人了，他却次次都娴熟地及时打弯绕过去，眼看就要到夏尔跟前了。夏尔赶紧收敛心神，开始回忆方卓跟她说的表演要旨——

沈一凡会擦着她的胳膊滑过去，到时候，她抱着书的手一定要松一些，确保在擦身而过的瞬间书被撞飞，然后她跟跄一下，再弯腰去捡书，然后沈一凡会停下来回头看她，折回来帮她捡书，再然后呢？

她正回忆着后面的故事线，突然感觉自己的肩膀被轻轻撞了一下，因为她刚刚走神了，所以在她还没反应过来的时候，她手里的书已经飞出去了，她整个人也晃了两下，大脑突然空了一瞬。她愣愣地看着散落在地的书本，接下来该干吗来着？哦，对，捡书！

回过神来，她赶紧蹲下身飞快地把书一本一本捡起来。这时候，她的指尖突然被碰了一下。她下意识地抬起头，是沈一凡，他果然折回来帮她捡书了！他眼尾微挑，嘴角带着一丝邪气，硬是把她看愣了。这人在她面前一直是懒散里带着点温柔的形象，突然痞气起来，她一时半会儿还真有些不适应。

愣神间，方卓已经喊了"咔"。沈一凡收了邪气，笑意又变得懒洋洋的，他把书都捡起来递给夏尔，温声问："刚刚没撞疼吧？"

"啊？哦，没……没有。"

其实，他看似速度快，但靠近夏尔的时候用了巧劲儿，堪堪避过她的身子，只轻轻蹭了她一下，就是怕不小心撞疼她。

沈一凡笑了："其实我还有些担心你这个练家子会下意识站得很稳，没想到刚刚还挺顺利，演技不错。"

夏尔干笑两声，心里默默嘀咕，那不是因为演技好，是因为我走神啦！

这时候，方卓走过来了。他有些无奈："学长的动作和表情都十分到位，就是夏尔啊……"他想了想措辞，"学长帮你捡书的时候，其实我是希望你表现出那种比较害羞的样子，比如说他的指尖碰到你的指尖，你可以表现出那种小鹿受惊的感觉，像触电一样把手缩回去，然后你看到学长的时候，可以在第一秒表现出一点点惊艳，然后快速低下头去继续捡书，因为你现在是个很乖巧、害羞的形象，你要表现出那种不好意思看他的感觉，看他一眼都会脸红那种，而不是一直盯着他发愣，你懂我意思吧？"

小鹿乱撞……乖巧害羞……夏尔刚想说其实她不是特别懂，沈一凡却笑着对方卓道："不好意思，方编剧，她第一次有些没准备好，等下我们再来一遍。"

方卓点点头，给乔航天使了个眼色，大家便重新各归各位准备第二次拍摄了。

夏尔对沈一凡哀叹一声："怎么办，我好像的确没有这方面的天分，为什么剧本不安排一个会散打的女主角呢……"

正抱怨着，沈一凡突然抬起手摸了摸她的头。她不明所以地看着他，他的目光慢慢看进她眼睛里，里面带着星星点点的光："夏尔教练，不要把这当成是演戏，不要把我当成一个演员。如果，我是真的对你一见钟情，想要追求你呢？"

他声音低醇，让夏尔联想到那种旧时代的老唱片，沙哑又邈远，突然间，周围的一切都仿佛有些不真实了。

接下来几个场景的拍摄格外顺利，顺利到让方卓感到不可思议。从夏尔第一次拍摄的表现来看，她并不像是个有天分的演员，但从第二次开始，她好像突然开窍了，沈一凡看她的时候，她总是不自然地移开眼，要不就是慌乱地低下头装作做别的事，脸上淡淡的胭脂色就一直没有褪下去，甚至有一些很细微的害羞的小动作连方卓都想不到，她居然很自然就表现出来了！

在顺利过了四个场景之后，很快到午饭时间了，小组中场休息。沈一凡要履行承诺请大家吃东西，但以方卓为代表的队友们都十分有眼力见。

"我和室友约好中午一起吃饭，要不下次吧，学长。"

“对对对，我扛了一上午摄像机，这肩膀有点受不了了，我回去贴一副膏药。”

“正好我也约了男朋友，学长，你请夏尔吃就好啦。”

“我得回去看看上午拍的片子效果怎么样，构思构思怎么做剪辑。”

最后，方卓的眼神暧昧地在沈一凡和夏尔之间游了几圈，一锤定音：“那我们就约好下午两点半在湖边碰头吧！”

众人散去，只剩下夏尔和沈一凡两个人。

沈一凡摸摸鼻子：“夏尔教练不会也有事要忙吧？”

夏尔下意识答：“啊？没……没有。”

沈一凡嘴角一弯：“那走吧，我请你吃番茄鱼。”

夏尔这时候心里乱得毛线团似的，脑海里一直不受控制地回放沈一凡那句话：“如果，我是真的对你一见钟情，想要追求你呢？”

这到底是什么意思嘛，是在跟她表白吗？如果是表白，干吗不等她回答一下就走了？还是说，他只是看她演技太差了，想给她营造一些真实的感觉？如果是这样，那他怎么就能确定自己一定会被他的话所影响，难道他早就发现自己对他有一些“互帮互助”之外的小心思了？

想来想去，她都想不出一个结果来，索性不想了。她这脑子，哪能够想这么复杂的事情，直接问问就好了！

于是，在沈一凡迈步之前，她很豪迈地抬手把他拦下来："你先别走，我有话说！"

这一声很有气势，沈一凡乖乖转回身来，声音里带着一丝纵容："好，不走，你说。"

本来夏尔已经想好了，就直接问他上午那句话是什么意思，但被沈一凡那么一看，她好不容易做好的心理建设又崩塌了。她思忖许久，最后终于憋出一句："那个……今天我不想吃番茄鱼了，其实酸菜鱼也不错的……"

沈一凡已经做好了回答她问题的准备，没想到她最后来这么一句。他强忍住笑："好，依你，你想吃什么就吃什么，两种都想吃也完全没问题。"

上午他们已经完成了男主角对女主角一见钟情并且想方设法追求她的部分，下午要拍摄的则是男女主感情转折的重头戏，方卓编排了两个主要情节，一个是男主角向女主角表明心意，但是被女主角拒绝了，心灰意冷，黯然离开；另一个是女主角很心疼男主角难过的样子，纠结了很久，才终于发现，她早就对这个看起来放荡不羁但实则对她温柔体贴的男孩子动心了。所以，在男主角再次向她表白的时候，她答应了他的告白，两个人最后甜蜜撒糖。

拍摄开始。

沈一凡扶着夏尔的肩膀，几番欲言又止，但对上她在方卓的指导下演出的带着一丝惊慌的眼神，他终究还是不知道该说些什么，颓败地松开她的肩膀，转身走到湖边一个劲儿地揉自己的头发。夏尔就呆呆地看着他的背影，心里默默想，这一举一动简直跟方卓剧本里写的一模一样，想要和喜欢的女孩表白，又怕得到的是否定答案，把藏在不羁的外表下那颗柔软、敏感的心表现得惟妙惟肖，他不转行做演员真是可惜了。

　　不知过了多久，"演员"终于再次转过来走到夏尔面前，夏尔注意力高度集中起来，就等着他说完"我喜欢你，你可以做我的女朋友吗"之后接上自己的台词："我不喜欢你，我们不是一路人，你不要再缠着我了。"

　　然而，她万万没想到，沈一凡完全不按剧本来！

　　他收敛起玩世不恭的神色。

　　他认真而诚恳地看着她的眼睛。

　　然后，他轻声道："夏尔，那天，你猝不及防地闯进我的生命里，热情得像一颗彩色的太阳，虽然只是一面之缘，我却忍不住地想要了解你更多。你训练社员散打的时候英气的样子，你偷看我被抓包时害羞的样子，你解出物理题目时活蹦乱跳的样子，还有……你在我哥哥面前保护我的样子，都让我情不自禁。在此之前，我从来没有过这样的感觉，有时候我会想，或许真的有命中注定这回事，刚好在那个时间，那个地点，我们人生的轨迹发生交集，从此有了一连串的故事。"

他顿了顿，唇畔有了笑意："夏尔，我喜欢你。"最后那四个字，他说得格外缓慢，却又格外深情。

她一下子愣住了。

剧本中的女主根本不会散打，也没有解物理题，更没有保护过他。这一刻，她终于知道了上午一直困扰着她的问题的答案——他是真的想要追求她！

画面一度宛若按下暂停键，夏尔愣愣地看着沈一凡，不知做何反应，而沈一凡眼里带着隐约的忐忑，固执地要她一个答案。

剩下的组员隔着不远不近的距离看着他们，都有些莫名其妙。方卓走到负责拍摄的乔航天旁边，轻声问："什么情况？"

乔航天也纳闷："不知道啊，声音太小，听不清在说什么，不过我记得你安排的台词没这么长啊。"

方卓想了想："先别停，继续拍，没准学长把剧情优化了。昨天他打电话跟我聊了聊剧本，还挺有想法的，可能可以起到一些意想不到的效果。"

另一边，在静止的画面下，夏尔的内心世界已经掀起巨大的波浪。

天哪！在这个节骨眼上！沈一凡向她表白了！

她在一团乱麻中给自己的思绪找了一个出路。

首先，如果没有拍摄 MV 的情况，他向她表白的话，她会怎么回应呢？在接受和拒绝之间，她犹豫了一小下。虽然她和沈一凡认识不到一个月，从时间长度上来说是短了点，但结合她之前总是莫名其妙地对沈一凡有奇怪的想法来看，十有八九她内心对他是不抗拒的，她把这总结为四个字——怦然心动。

好的，第一项选择题做完。

然后，她开始做第二项选择题。如果把这个场景放到拍摄 MV 的背景下，她该怎么回答呢？如果点头的话，那就和编排的剧情不一样了，而且以她的秉性，只要这个头点下去，即使是之后重新拍，她可能也不能很自然地去拒绝他了。那如果现在拒绝的话，沈一凡会不高兴吗？这个问题她着实花了一些时间去思考。从她和沈一凡的相处来看，他平时的风格还蛮开朗、稳重的，好像不管面对什么难题都云淡风轻，她还从来没见过他为什么事不高兴过。而且，她完全按照台词念，他应该能懂她只是为了完成拍摄工作吧，大不了导演喊"咔"后，她重新认真地回应一下他。

好的，思路顺畅没毛病，那就这么决定了！

于是，在漫长的静止画面后，夏尔终于被点了播放键。她缓缓道："我不喜欢你，我们不是一路人，你……"饶是告诉自己是在演戏，这两句话她也说得十分艰难，毕竟是很违心的。她打算硬着头皮说下去，但说到一半怎么都没法继续了，因为，她看到沈一凡眼里的光正一点一点黯下去，表情一下子灰败了。

她心里升腾起一个不好的念头——选错了吗？

她默默把自己吐槽了一万遍，想着怎么能够补救一下，但看到沈一凡的神情，她的话都哽在喉咙里，一句也说不出来了。

沈一凡一动不动地看着她，嘴角动了动，像是想挤出一个无所谓的笑，但最后还是没笑出来。夏尔敏感地发现，他的眼角好像有些微微泛红了，是她的错觉吗？

她还没来得及细看，沈一凡已经松开扶着她肩膀的手，无力地后退两步，然后默默转身离开。

夏尔怔怔地看着他的背影，突然之间分不清他是和她一样在演剧本还是真的难过了。她想追上去，但不知怎么就是迈不开步子，沈一凡离开的脚步像钝刀子一样一下一下割在她的心上，她突然心疼得要死。

终于，她的思绪被方卓的"咔"声叫醒。她立刻小跑着朝沈一凡的背影追上去："沈老师，你等等我！"

她跑得太快，沈一凡冷不丁停下来，她猝不及防撞到他背上，鼻梁骨撞得生疼。她"哎哟"一声，这时候沈一凡正好转过身来，他担心地点点她的小鼻子："撞疼了吗？怎么冒冒失失的，这么不小心。"

夏尔看他的神色已经恢复正常，好像刚刚什么都没发生过。她心里犯了嘀咕，难道刚刚真是她的错觉？

她摆摆手："没事没事，不要紧。"顿了片刻，她又试探地问，"那个……你没有不开心吧？"

沈一凡弯了弯嘴角："没有啊，为什么不开心？"

夏尔"哦"了一声，小声道："就是看你刚刚不太对劲……"

沈一凡弯起食指点了点她的额头，语气里带着一丝骄傲："夏尔教练，我是不是很有演戏的天分？"他隐去眼底的失落，尽量说得轻松。

夏尔这才放下心来："是啊，都把我骗到了，我差点以为是真的呢。"其实，她心里已经在呐喊了：没有差点，我真的以为是真的！

她暗暗松了口气，还好刚刚没有忍不住回应他，他只是在演剧本，她却当了真，那场面想想都蛮尴尬的。

把事情说开，夏尔和沈一凡一起折回去，方卓和组员们还凑在摄像机前看回放，大家都对沈一凡的演技赞不绝口，说他无论是动作还是眼神都精妙绝伦。

看沈一凡过来，方卓朝他竖起大拇指："学长，演得真是太棒了！"他挤眉弄眼，压低声音问，"是不是感同身受，有感而发呀？"

沈一凡笑了笑："是学弟剧本写得好。"他很快岔开话题，"我去换一套衣服，你们先布置一下场景。"

杨诗诗把他带来的手提袋递给他，他冲夏尔眨眨眼，便先离开了。夏尔有些疑惑："他去干吗了？"

方卓意味深长地笑了笑："学长把我们原剧本的结局做了一点细微的调整，你就等着瞧吧。"

不久前，方卓和组员都通过气了。这时候，杨诗诗欢快地拉着夏尔离开："女主角，这一天下来你也累了，我们先去商业街那边的水吧喝点东西，正好让他们男生把最后一场戏的场景布置布置，一会儿我们再回来。"

夏尔一边被她拉着走，一边有些摸不着头脑地问："还要换一套衣服呀，这么郑重，是觉得全程都一套衣服拍出来有些单调吗，那趁这个空当我要不也回去换一套？"

杨诗诗赶紧摆摆手："不用不用，你穿这套就美爆了！你就不要管这些了，一会儿歇好继续回来当女主角就好啦。"

夏尔也不多想，跟着她离开了。

她们走后，方卓赶紧紧锣密鼓地安排大家布置最后的告白现场，选定的地点是图书馆门口的圆形草坪。

杨诗诗把夏尔支走后，赵宇暂时接替了负责道具的工作，他按照沈一凡提供的号码拨了一通电话过去："喂，您好，是蓝天花艺店吗？哦，昨晚有客人在您的店里定了一批鲜花，留的名字是沈一凡……对，麻烦您现在送一下。"说着，他报了学校的地址，让店家把鲜花送到距离图书馆最近的南门。

是的，沈一凡昨天和方卓讨论过剧情的编排后，直接承诺用到的所有道具都由他来提供，完全解决了小组资金短缺的后顾之忧，方卓等人看出他是想借这个机会给夏尔一个惊喜，也乐得替他跑腿。

等道具的间隙，方卓最后向组员们确认情况："大家找的群演都没问题吧。"

"我这边超额完成任务，在各种社团的群里喊一嗓子，多的是想成人之美的，有三四十号人呢。"

"我这边也没问题，说好了大家半小时后在这里集合，统一安排工作。"

方卓点点头："好，都没问题就好，那我们就等着男女主角的年度浪漫大戏了！"

在杨诗诗的磨蹭下，她和夏尔在水吧足足待了一个半小时。

最后，夏尔终于忍不住了，她看看手机上的时间："他们怎么还没通知呀，布置场景要这么久吗？要不我们也回去帮忙吧，再拖一会儿太阳都下山啦。"

杨诗诗慢悠悠地晃了晃吸管："啊，要不我们再等个半小时，如果半小时还没通知，我们再过去。"

夏尔刚要说话，杨诗诗的手机突然振动起来。她激动地捞起手机看了一眼，终于长出一口气："组长刚刚发消息说都安排好啦，我们可以出发啦！"

夏尔跟她一起起身，正纳闷她怎么这么激动，一出水吧的门，眼前突然出现了一朵娇艳欲滴的玫瑰花。

她抬起头来，发现递给她花的是一个不认识的男生，男生脸上带着笑意，她不禁愣了一瞬，这是在对她表白吗？

不过，她还没说话，男生就抢先开口："夏尔，沈一凡说他喜欢你。"

听到"沈一凡"的名字，夏尔下意识接下玫瑰花，在她还没来得及问怎么回事的时候，男生已经笑着跑走了。

这时候，她才发现，一直和她一起的杨诗诗不知道去哪儿了。

与此同时，她的手机突然振动了一下，划开一看，是杨诗诗的消息："女主角，从现在起，拍摄正式开始，请按照从当前位置到21号宿舍楼再到艺术学院最后穿过长桥到图书馆的路线开始行进，注意表情管理。"

她当下心里有了些谱，这大概就是沈一凡改写的剧本了，他改了最后告白的方式！

她暗戳戳地朝四周扫了一圈，果然看到不远处乔航天正扛着摄像机对着她的方向。在她看过去的瞬间，他举起手向她比了一个"好"的手势。

夏尔定了定心神，沿着杨诗诗说的路线往前走，她心里默默告诉自己，就是演剧本，不要太当真！但她的心和大脑不在同一个维度上，脑子里越想着要淡定，心跳得就越快。

不多时，又有一个拿着玫瑰花的人冒出来，这次是个女孩子，她娇憨地笑着把两枝玫瑰递到夏尔手上，和之前那个人说了同样一句话："夏尔，沈一凡说他喜欢你。"

之后，她每往前走大概一百米，就会有个人递给她一些玫瑰花，说的话都一模一样，送的花的数量却越来越多。

怀里沉甸甸的感觉越来越真实，夏尔的脸也越来越烫。她心里已经开始呐喊了。天哪，饶是她告诉自己无数遍这是剧情安排，在听了几十遍"沈一凡说他喜欢你"之后，她也要以为这是真的了！

怀着复杂的心情，她终于克服了不知道多少个"障碍"顺利走到目的地，这时候，她手里的玫瑰已经有大大一捧了。

图书馆前面的草坪四周此时已经挂满五颜六色的气球，每个气球下面都挂了一只小熊，草坪面积并不小，所以这些布置看起来浪漫而盛大，周围聚集的群众也慢慢多起来，大家都想看看，又是哪个多情的男生要向自己心爱的女生表白了。

夏尔隐隐有种预感，沈一凡要出现了。

像是为了印证她的猜测，草坪前的人群突然向两侧散开，让出一条通道。

夏尔的视线一下子清明起来，她看到了站在草坪中间的沈一凡——他换了米白色的高领毛衣和白色的休闲裤，看着和她身上穿着的米白色连衣裙十分相配，和刚刚那种冷酷的穿衣风格完全不同。这时候，他手里拿着一枝玫瑰花，嘴角噙着浅浅的笑，缓缓地向夏尔招手，整个人像沐浴在阳光里的王子一样。

夏尔情不自禁地向前走去，人群中已经想起起哄声和口哨声，但夏尔置若罔闻，视线像是黏在沈一凡身上一样，就那样看着他，走向他。

终于，她在距离沈一凡一米远的地方停了下来，与他眼神交汇。

沈一凡的眼底似乎蕴含着一汪泉水，在这一刻，夏尔狂跳的心似乎突然安分下来了，一切紧张、激动和期待的情绪都渐渐平息，她的眼里只剩下眼前这个人。

沈一凡把手里唯一的那枝玫瑰递给她，声音轻缓柔和："夏尔，你的手上现在有九十八朵玫瑰，这是第九十九朵，送给你。"

夏尔接过那枝玫瑰，指尖都有些颤抖了。她顺着他的话轻声问："为什么是九十九朵？"

沈一凡揉揉她的脑袋，看进她的眼睛里："因为我喜欢你，九十九次喜欢你，想要长长久久地和你在一起呀。"

他的话像蜜糖一样裹住夏尔的心脏，她想，她的心现在一定已经化成一汪春水了。

看着夏尔的耳垂染上胭脂色，沈一凡继续道："你曾经说过，我们不是一路人，让我不要再缠着你了。"

他抿了抿唇，继续道："现在，我愿意尝试和你变成一路人，虽然这可能很难，但我一定会努力，你愿意……给我一次机会吗？"

他眼神里又多了上午向她告白时的那种忐忑，而这种忐忑，在他这样对什么事都运筹帷幄的人眼里是很少出现的。

夏尔突然明白沈一凡改这个结局的用意了。他不仅仅是想把告白的方式变得更加丰富，更重要的是，他想通过换衣服这一点来告诉她，为了喜欢她，他是愿意做出改变，即使这种改变并不容易。

与沈一凡对视许久，她唇边突然绽出一朵花来。她从来没说过"不是一路人"这种话，从沈一凡的言语看，这一次，他应该是在念剧本没错了。但是这次，她回答得格外认真。

她想，他在戏里说了一半真话，她也要说一半真话作为回报。

她认真而诚恳地看着沈一凡："可是，我不想让你为我做什么改变，你做自己就很好。你耐心给我讲解物理题的样子，你时不时使坏逗我又装作一脸无辜的样子，你叫我'夏尔教练'向我求保护的样子，都让我忍不住心跳加快。我喜欢的就是这样原原本本的你，你……能明白吗？"

沈一凡的忐忑终于渐渐消散，夏尔仿佛看到，他眼里星星点点的光又亮起来了。

在众人的起哄声中，沈一凡嘴角的弧度渐渐放大："嗯，应该明白了。"说着，他缓缓低下头来。

刚刚还十分勇敢的夏尔现在突然有些没底了。这是……要吻她吗？她不记得原剧本里有这个情节呀，难道又是沈一凡加上去的？

她垂下眼去，作为一个矜持的女生 —— 这是她一贯的自我定位——理智告诉她这时候她应该后退一小下，但她的脚好像被草坪黏住了，就是动不了！她刚刚平缓的心跳现在又扑腾起来，那一秒的时间里，她已经脑补了无数画面——如果沈一凡真的吻下来，她是不是应该环住他的腰？是抱住腰还是搂他的脖子呢？她险些忘了她手里还有一捧玫瑰花呢，又腾不出手来，难道就那样干站着？这样是不是有些傻气了？

电光石火间，她脑子里翻涌过无数个念头，沈一凡则靠得越来越近，近到她已经可以感受到他的鼻息了。她一闭眼，一咬牙，算了，就顺其自然好了！

正当她打算"无私"地为了课程作业献出自己的初吻时，方卓不合时宜的声音却突然响起："咔！完美！"

夏尔猛地睁开眼，那一刻，她仿佛看到粉红色的泡泡在她周围一个个破碎了。

人群里传来此起彼伏的喝倒彩的声音：

"搞什么呀，原来是演戏啊？"

"浪费感情。"

"我就知道，现实中哪有这样浪漫的爱情！"

人群渐渐散去，方卓和其他小组成员已经开始欢天喜地地探讨视频该怎么剪辑了。

其实，最后叫停也不是他愿意的，当时他觉得沈一凡和夏尔肯定关系匪浅，不是情侣也是准情侣了，所以他和沈一凡探讨最后要不要加一个接吻的镜头，但沈一凡直接就拒绝了。沈一凡的意思是，他不想在大庭广众下用拍戏的名义去吻她，这样对她不够珍视。

方卓觉得这话也对，于是最后只能硬着头皮喊"咔"了。

这时候，草坪中间只剩下沈一凡和夏尔两个人。

夏尔干咳一声，先发制人："那个……刚刚你是在念剧本吧，我其实也是在念剧本，绝对没有当真的意思，所以你千万不要有任何心理负担，千万不要觉得以后我看到你会忍不住尴尬，我绝对不会的！"

听着她此地无银的辩驳，沈一凡忍不住笑了。明明眼神都要无处安放了，偏偏还要嘴硬。他不忍心拆穿她，只得顺着她道："嗯，不会，夏尔教练放心。"

沈一凡现在一点都不着急了。

即使她还没有和他在一起，至少通过这次的拍摄，她的心意，他已经隐约明白，他相信，她应该也大概明白，这样就很好了。

来日方长。

第六章
老大的心上人

"夏尔教练，你真是个宝藏女孩，还可以自己跟自己说话。"

Baigei Duini
De Xindong

转眼间，十一月如期而至。年货节在即，沈一凡的工作室比之前更忙，他实在抽不出空到散打社参加每周日的训练了。不过他还是经常关注夏尔的学习情况，如果她有什么题目不太懂，他仍然会抽空帮她解答。

　　一个周五的下午，夏尔选修的插花课刚刚下课，她捧着一瓶自己插好的花从教学楼回宿舍，走到半路，突然一道熟悉的身影跃入眼帘。

　　是沈一凡。

　　他穿了一件浅水绿色印碎花的宽松版上衣，身侧一条深绿色的长带斜斜地垂到腿侧，看起来休闲又精致。这时候，他前面有摄影师抬着摄影设备，随时准备捕捉一些画面。

　　夏尔想了想便明白了，大概这就是他们工作室新设计出的服装系列。

沈一凡工作的时候十分专注，还是言佑先注意到夏尔这边，他招招手："嗨，这里！"

这下，沈一凡的目光终于移过来，看到夏尔，他的嘴角不自觉地扬起一个弧度，冷峻的脸终于有了温度。

摄影师眼疾手快地将他笑的那一瞬间定格下来，对这张片子十分满意："好，暂时收工，大家调整一下再拍！"

拍摄一结束，沈一凡就朝着夏尔的方向走过来："言佑新设计了一个服装系列，推出之前要拍宣传照，西大环境不错，就近选了这里。"

夏尔点点头，由衷地称赞："衣服很漂亮。"

这时候，言佑跟上来："衣服是漂亮，但也要有合适的人来做模特，之前请了几个平面模特来试镜，好好的衣服都被穿垮了，只好让我们老板亲自下场。怎么样，我这眼光不差吧？"

夏尔被他说笑了，附和道："老板下场，自然是不差的。"

言佑看看夏尔，再看看沈一凡，眼神流转之间仿佛有一朵朵小桃花冒出来。他突然想到什么："对了，这一系列的服装是打算明年推出的春季特别款，男款和女款的设计都已经完成了一部分，打算先做个预售试试水，一方面看看消费者的喜好，一方面打开一下市场。不过女款服装的模特还没有定下来，小夏同学有没有时间来帮忙救个急？"

114

沈一凡眼角一抽搐，言佑这个行为虽说是很有眼色的，但似乎有些不妥当吧，你跟人家又不熟，上来就让人家帮忙，这合适吗？

　　不过，好在夏尔也没多想，她十分热心道："当然可以啦，沈老板之前也帮过我很多，有帮得上忙的地方我肯定乐意，就怕我的气质不合格，穿不出衣服的韵味来。"

　　言佑一听夏尔愿意帮忙，连忙道："你气质都不合格还有谁能合格，依我之见，就你和老板一起来拍最合适了。"

　　他这话说得有点暧昧，夏尔不接话了。沈一凡轻轻咳了一声，对夏尔说："夏尔教练，我们到小花园里的咖啡厅喝点东西吧。"

　　两人走后，摄影师看着他们俩的背影，八卦地问言佑："没听说呀，老板什么时候认识了这么漂亮的一个姑娘，看着真登对。"

　　言佑一脸怅然："就是说啊，老大什么都好，就是桃花这方面一直没什么动静。"

　　摄影师用怪异的眼神看他两眼："看你的样子还挺惆怅，莫非你对老板……"

　　言佑眼睛一瞪："说什么呢，我像那种人吗？"

　　小花园咖啡厅。

　　沈一凡随便点了两杯冷萃咖啡和一份焦糖布丁。等餐的间隙，他挑起话茬："最近一阵子比较忙，一直没去散打社，你最近过得怎么样？"

夏尔单手扶腮："挺好的呀，就很平常，也没什么特别的事。"她突然想到什么，开心道，"对了，你不知道，自从我上次期中考了90分以后，物理老师每次上课都要夸夸我，还让大家以我为榜样，我都快不好意思了。"

沈一凡笑了，他还记得当时成绩出来，夏尔立刻激动地给他打了个电话，把他夸得天花乱坠。听她那边的动静，像是蹦跶得要把床给跳塌了。

他点点头："不错，继续努力。"

夏尔俏皮地做了一个抱拳的手势："遵命，沈老师！"她顿了顿，"对了，你们这次做的服装主题是什么呀？"

"投资商给我们工作室的主要业务定位就是服饰设计这一方面，工作室打算做一个服装品牌，品牌名暂时还没有定，预计先推出几个服装系列来试试水。我们打算推出的第一个系列是明年的春季特别款，主题设定为'繁花'，这个主题工作室内部也有一些反对的声音，觉得略微有些俗套了，但是言佑和我的意见是大俗即大雅，所以最后还是敲定了这个。言佑打算将'繁花系列'一共设计四款服装，现在前两款已经设计好了，剩下的两款会在年末设计好，赶上年货节的预售。"

他隐去了投资商是他父亲梁坤这一点，剩下的都尽量详细地给夏尔解释了一下。夏尔点点头："明白了。"

服务员把咖啡和甜品端上来，两个人又闲聊一会儿。摄影师便打电话来催沈一凡了，沈一凡有些抱歉："太阳快落山了，我要赶回去把今天的片子拍完，不然要耽误后期的工作了。"

夏尔很理解地点点头，她目光瞥到自己带着的插花瓶，突然眼前一亮，从瓶子里抽出一枝向日葵递给沈一凡："这枝向日葵的颜色和你今天穿的衣服很衬，你带去看看有什么可以用到的地方吧。"

沈一凡含笑地看她一眼，接过花去："好，之后拍女装我会提前问你时间。"

夏尔爽快地应下："好，我时间不冲突的话一定去，你千万别客气！"

目送沈一凡离开，夏尔又想起他刚刚认真拍片子的场景。她心尖一动，都说认真的男人是最帅的，可不是嘛。要是他进军娱乐圈，以他的条件来看，应该也是顶流级的吧……想着想着，她忍不住捶捶自己的脑袋，自己最近是越来越花痴了，怎么就想到这里来了……

两个星期后，夏尔收到沈一凡发来的之前拍摄的宣传片，其中有很多张片子里都出现了她给的那枝开得灿烂的向日葵。花的颜色果然和淡绿色系的衣服很衬，沈一凡的长相本来是冷峻系，这样搭配起来反而多了点柔和感，像个容易亲近的邻家大哥哥了。

夏尔在宿舍抱着平板电脑看了好一会儿，一边看一边嘴角就不自觉地扬起来了。突然，她手中一空，平板电脑被抢走了。她慌忙站起来，方圆圆正兴致勃勃地翻看平板电脑上的照片。夏尔伸手去抢，却被方圆圆一个轻巧的转身躲过去了。

夏尔瞪眼："方圆圆，你还给我。"

方圆圆吐吐舌头："怎么了，金屋藏娇，舍不得让我看？"

夏尔抢不过她，索性作罢："好了好了，你看就看，但是别乱说。"

方圆圆这才满意，端着平板电脑认认真真地欣赏了好一会儿，啧啧称赞："你别说，沈一凡这颜值真是绝了，比他那个朋友强太多了。"她撞了撞夏尔的肩膀，调笑道，"快说，你们打算什么时候在一起？"

夏尔脸一红："什么在一起，我们现在是朋友关系。"

方圆圆撇撇嘴，暗戳戳道："什么朋友关系，是窗户纸有没有捅破的关系吧……"

在夏尔不善的目光下，方圆圆被迫收声，继续欣赏花美男去了。

晚上，夏尔正要收拾睡觉，手机突然进了一条微信消息，是沈一凡发来的："夏尔教练，言佑已经带领团队把女款的服装设计出来了，这周六你有空来做模特吗？"

夏尔想了想："有呀，不过我周六上午要回家一趟，我大嫂过生日，要回去给她庆生。你们下午几点开始，我尽快赶过去，可以吗？"

沈一凡："好，那下午两点怎么样？"

夏尔："好的。那我需要准备些什么吗，我也没什么经验。"

沈一凡："不用，你人过来就好，剩下的我来安排。"

夏尔放下手机，安静地躺在床上想她和沈一凡认识以来发生的事情，好像都挺戏剧化的，正好她见义勇为认识了他，正好她物理学得差他可以教她做物理题，正好他们原来都是校友。想着想着，她感觉心底像是响起一种小溪流过鹅卵石的清越声音，这就是初恋的感觉吗？

周末，夏尔的大哥大嫂开车到学校接她，她家离学校比较远，她一个月回家一两次。所以她回去的时候父母和哥嫂以及三百多号师兄师弟都十分开心，对她嘘寒问暖，最重要的一点是，小师妹终于过了早恋的年纪，可以正式开始谈恋爱了，大家都十分关心她的感情生活有没有什么进展。

师兄一号："小尔尔，最近妹夫的事有进展了吗？"

夏尔额头滑下三道黑线："啊……那个……还没有……"

师兄二号："你问这么直接干吗，我们小师妹还小，让我来问。"他"和颜悦色"地看着夏尔，"小师妹呀，你有没有中意的人呀，跟

119

师兄说，别不好意思，他要是敢不喜欢你，师兄带你找上门去给他收拾了！"

师兄三号："你看你这话说的，能不能有点水平。咱小师妹这条件看上谁，那对方还能不喜欢她？那不是眼神不好吗？"

师兄弟你一言我一语地明着暗着八卦，夏尔被问得晕头转向，一句话都不得空说。最后，她只能求助地看向她的寿星嫂嫂。

她的大哥夏青云和大嫂李素素本来也十分关注夏尔的感情大事，但是看小妹实在招架不住，李素素只好出面打太极："你们这些毛猴，就别为难小妹了，以我们小妹的武功，就算谈恋爱也不会被别人欺负了去，哪天她有喜欢的男孩了自然会告诉我们，我们就别跟着瞎操心了。"

夏青云也跟着附和："就是，别起哄小妹了，你们之前不都说给大嫂准备了礼物吗？快点拿出来让大嫂开心开心。"

大家被夏青云扯开话题，纷纷去送礼物了。夏尔终于松了一口气。这时，她手机突然振动了一下，拿出来一看，是沈一凡发来的消息："你一会儿过来方便吗，要不要我过去接你？"

夏尔想了想："不用不用，我家在城南，你开车过来也不顺路，挺费事的，你给我个地址，我打车过去就行。"

沈一凡索性发来一条语音，声音里带着笑意："不费事，地址给我吧。"

他这么说，夏尔也不好再推拒，报出了武馆的地址，又加了一句："这边有一段路路况不太好，你开车小心。"

沈一凡："放心，等我。"

夏尔眼尾不自觉地弯了弯，然后把手机收了继续吃蛋糕了。

大概过了一个小时，沈一凡还没有到，夏尔和师兄弟们玩闹也漫不经心起来，总是有意无意地看手机上的时间。

李素素发现她的异常，贴心地问："怎么了尔尔，下午有什么要紧事吗？"

夏尔刚要回答，就听一个从外边跑进来的小师兄冒冒失失地说："外面来了个大帅哥，说要找我们夏尔师妹呢！"

"大帅哥？"

"哇，有情况！"

"小师妹快说，是不是偷偷交男朋友了，还不告诉我们？"

"难怪小师妹刚刚一直在看时间，原来在等小妹夫呀。"

夏尔被说得脸红心跳，连连摆手表示情况不是他们想的那样，但大家哪里肯听，已经有人不嫌事大地去外边请沈一凡进来了。

沈一凡一进来，自然引起了师兄弟们的一番围攻，夏尔心惊肉跳，生怕师兄们问话口无遮拦冒犯了他，不过沈一凡看起来倒是十分有耐心，任何问题都一一认真回答。

"小帅哥，你叫什么名字呀？"

沈一凡面带微笑："我叫沈一凡，一二三四的一，平凡的凡。大哥大嫂和各位师兄大家好，第一次见面，大家多多关照。"

"那你是我们尔尔小师妹的男朋友吗？"

沈一凡脸上露出遗憾的神色："嗯……还不是。"

大家不死心，又有人问："那以后有是的可能吗？"

沈一凡貌似为难地看了看夏尔，轻轻笑了笑，放慢语速："这个呀……"夏尔瞪大眼睛看着他，不知道他会怎么说，心里又是紧张又是慌乱，心跳得像是要从嗓子眼跳出来，不过，他话锋突转，"其实我听夏尔说今天是大嫂的生日，所以过来的时候特意带了一份生日礼物，希望大嫂喜欢。"

说着，他扯下背包，从里边拿出一个包装精致、打了蕾丝蝴蝶结的小盒子递给李素素，笑道："这位应该就是大嫂了吧，大嫂生日快乐。"

夏尔的心扑通一下落回肚子里，她难以置信地看着沈一凡，一是没想到他转移话题的能力这么强，二是没想到她就随口说了一句大嫂过生日，他过来竟然还准备了礼物。

沈一凡冲她挑挑眉，意思很明显：我是不是超级棒的？

夏尔压下嗓子里的轻哼，红着脸移开眼去。

李素素接过盒子，一脸惊喜："你第一次过来还准备礼物，这么客气，太不好意思了。"

"哪里哪里，大嫂的生日宴前来打扰，是我不好意思才对，大嫂快拆开看看喜不喜欢，我挑了很久，也不知道合不合你心意。"

夏尔暗暗腹诽，一口一个大嫂，叫得还挺亲热。

李素素应言拆开盒子，礼盒典雅的天鹅绒底衬上安静地躺着一枚亮银色银河绕灿金色小星球的坠子，精致又有创意，一看就价格不菲。

李素素看这小伙子年龄应该和尔尔也不差几岁，这么贵的坠子是不是太破费了？虽说这样，她也不好直接说太贵重了不能收，毕竟是人家的一番心意，于是她笑着将坠子拿出来戴在脖子上以示喜欢，又对沈一凡说："这礼物我倒是很喜欢，就是太让你破费了，心意到了就行，以后这么贵重的礼物大嫂可不收。"

沈一凡十分听话地点点头："知道了大嫂，你喜欢就好。"

"对了，你找尔尔有事吧，要不你们先走？正好我们也吃完了。"

沈一凡看了看夏尔。

夏尔点点头："今天下午确实有点事，那我们就先走啦。大嫂，你们接着玩，跟爸妈说一声，今天我不回来啦，晚点直接回学校。"说完，她便推着沈一凡赶紧出门了。

他们离开后，夏青云无语地看着目光还恋恋不舍看向门口的众师弟："人都走远了，还看，刚刚没看够呀？"

师弟一号："我怎么感觉哪里不对呀，大师兄？"

夏青云："哪儿不对了？"

"刚刚那个男生跟小师妹准有猫腻！"

夏青云想了想："像是关系不太一般。"

师弟二号："那我们就这么让他走了？"

李素素没好气道："不然你们还想怎么样？"

师弟三号："我们不是早就说等我们的小师妹带男朋友来一定要好好考验考验吗，怎么就这么轻易让他走了？"

师弟四号挥了挥拳头："就是就是，刚刚怎么没想起这一茬来，至少应该好好试试他的功夫，看看能不能保护得了小师妹。"

夏青云心想这话说得在理，他们夏家的女婿武力值是一定要有的！他刚要附和，却听李素素没好气道："这要求过分了啊，人家一凡这长相这性格，哪方面不是人中龙凤，会不会打架重要吗？再说了，我们尔尔本来就可以保护自己，还需要妹夫来保护吗？"

大嫂这么说，大部分师弟就不吭声了，只有一个"耿直"的小师弟弱弱道："大嫂，你不会是收了人家的生日礼物，所以才替他说话吧。"

李素素还没回答，夏青云就不干了，他瞪大眼睛："你大嫂是那样的人吗？你说她能是吗？"

小师弟被他这么一瞪，默默垂下眼也不说话了。

李素素翻了个白眼："你们呀，还是太年轻，大嫂的眼光还能有错？根据我今天的观察，我们尔尔对沈一凡一定是不同的，什么时候凑一对就是个时间问题，你们要想考验还愁没机会吗，下次他再来尽管考验就是了，真金不怕火炼，大嫂我绝不拦着。"

师兄弟们一听这话就心安了，心里已经在暗暗盘算之后要给未来的小妹夫出什么难题了。

沈一凡绅士地给夏尔拉开车门，等她上车后又给她系上安全带。

他一边开车一边说："今天时间是不是不太合适，看你们玩得挺开心。"

夏尔摇摇头："没有啦，我哥嫂都很开明，知道我帮朋友的忙不会介意的。"她顿了顿，很认真道，"谢谢你今天送我大嫂那么漂亮的生日礼物。"

沈一凡笑："毕竟第一次去你家，空着手本来就不好，正好赶上大嫂过生日，带礼物是应该的。"

夏尔总觉得这句话怪怪的，但又说不上来哪里怪。不等她深入想，沈一凡就继续道："言佑觉得今天这套服装适合在光线明亮、环境宽敞的室内拍摄，我想了想，我家就挺合适，你看可以吗？"

"我没问题，哪里都可以，不给你们拖后腿就好。"

沈一凡嘴角扬起一个不易察觉的弧度："怎么会，你做模特，拍的片子一定是最好的。上次你出演课程作业的女主角，不是取得了A+ 的好成绩吗？"

夏尔干笑两声："哪里，都是沈老师搭戏搭得好。"说完，她低下头去，脸又偷偷红了。虽然那是拍戏，但里面的很多情景还是很让她小鹿乱撞的好吗？她都不好意思说自己当时入戏太深，以至于之后都有些不好意思再提这件事了！这个沈一凡，提起来一点情绪波动都没有，真是没心没肺！

沈一凡哪知道她这些复杂的心理活动，只当她害羞了，暗自笑了笑，转过身专心开车了。

沈一凡家。

沈艾一个劲儿往门口望，嘴里还一直念叨着："这都这么久了，人怎么还没带回来？"

一旁的言佑宽慰她："阿姨，您就放宽心吧，您自己的儿子您还不了解吗，准能把人接回来，肯定是路上有什么事耽搁了，但迟早会来的。"

沈艾瞥他一眼："小佑佑啊，你这次没忽悠我吧，他真的是去接我未来儿媳妇了？不是你自己在这里乱猜，哄我白开心一场吧？"

言佑大喊冤枉："阿姨，我能骗您吗？是不是未来儿媳妇我不确定，但是老大的心上人没错了，您说这被老大看上了还能跑得掉吗？"

沈艾也斜他一眼："你这话说的，沈一凡是洪水猛兽啊看上了还跑不掉了。"

言佑嘿嘿一笑："哪能啊，我是说老大魅力无边，最后一定能抱得美人归的。"

沈艾笑着拍他一下："就你嘴甜。说起来，你这也老大不小了，就没个中意的姑娘？你妈妈该着急了，前一阵子你没回来的时候她过来跟我闲聊，还说给你找了个特别合适的相亲对象呢，怎么样，成了没？"

言佑干咳一声："那个……阿姨，我不急！我还小呢，一点都不急！"

沈艾还要再说什么，言佑赶紧转移话题："对了，阿姨，要不您准备点水果、点心什么的，人家女生第一次过来，得好好招待招待您说是不是？"

沈艾眼睛一亮："嘿，还是你小子想得周到，我都没想到这一茬。对，我得赶紧去准备，先准备它个大果盘，再准备它个三四种茶。儿媳妇呀，喜欢吃什么就吃什么，喜欢喝什么就喝什么！"说着，她便风风火火地去准备了。

言佑松一口气，本以为离开他的母亲大人就能躲掉催婚十八式，没想到来老大家还是不得清净呀。

沈一凡和夏尔到的时候，负责拍摄的工作人员已经在沈家的三层小楼前边等着了。言佑迎上来："老大，小夏同学，终于到了，都等你们好久了。"

夏尔跟着沈一凡走进家门，第一层楼四周的窗户都是落地窗，摆放的家具大都是黑白灰色调，看着简单低调，但都极富质感，打理得井井有条。和煦的阳光洒进来，屋子里十分亮堂，很适合取景。

夏尔还在参观，突然，一位身材姣好的漂亮阿姨热情地迎上来："这位就是夏尔同学吧，快进来坐，阿姨等你好久了。"

夏尔有些蒙，但还是礼貌地笑着问好："您好，阿姨，我是夏尔。"

沈一凡及时给她介绍："这是我妈妈。"然后他又看向沈艾，"看来言佑那小子已经给您介绍过夏尔了。"

沈艾欢喜地拉住夏尔的手："他也没怎么介绍，就说是你朋友，特别乖巧漂亮，我可期待好久了。喏，果盘、零食、茶水都准备好了，看看想吃点什么，工作的事先不急，先好好休息休息。"

夏尔一听这是沈一凡的妈妈，惊得手心都出汗了，有种莫名的紧张感。她被沈艾拉着去歇息，一边跟着走一边回头求助似的看向沈一凡。沈一凡摸摸鼻子，他倒是没想到沈艾这么热情，看来他一直没谈恋爱对她的刺激还是挺大的，现在好不容易有一朵疑似桃花，她这次是助攻定了。虽然这也是沈一凡想带夏尔回家来拍片的小心思，但他想夏尔可能也是第一次面对这样的"大场面"，可别把她吓着了，他赶紧跟上去。

沈艾热情地请夏尔坐下，然后递给她一个盛满冰镇西瓜丁的果盘，让她先吃着解解暑，然后又亲自为她倒茶，一边倒一边问："尔尔啊，我听言佑说你也是西大的学生，学什么专业呀？"

夏尔赶紧放下西瓜盘，像小学生回答问题一样一板一眼地回答："阿姨，我是化学专业的，今年大二了。"

沈艾笑道："化学呀，化学挺好的，我家一凡物理学得好，理化不分家，看来你们呀，确实有缘分。"

沈一凡刚过来就听到这句话，他默默翻了个白眼，这红线牵的，他怎么觉得有些微微的尴尬呢？

看夏尔有些手足无措的样子，他慢悠悠走过去，在夏尔身边坐下。看沈艾又要给夏尔递冰镇水果，他很自然地接过手："妈，她今天不太适合吃冰的东西，喝点茶就好了。"

这话一说，沈艾和夏尔都愣了一下。沈艾很快反应过来，瞬间乐得喜上眉梢，儿子连这个都知道，看来两个人的关系发展得已经很深入了。沈艾笑着站起身："你看我，都没注意到这些，你等着，尔尔，我去给你熬一碗红枣姜茶暖一暖，尝尝阿姨的手艺！"说完，她便喜滋滋地转身去厨房了。

沈一凡有些无奈，对夏尔道："我妈有点热情，你别介意，她一直想有个女儿，可能看到你让她有一种母爱的光辉得以实现的感觉吧。"

夏尔赶紧摆摆手："不介意，不介意，阿姨对我好我开心还来不及呢，就是熬汤有点麻烦她了。"

沈一凡笑："不麻烦，她高兴还来不及。"

夏尔来不及消化这句话的意思，轻轻咳了一声，小声问："那个……你怎么知道这几天我……"说完，她默默低下头去。

沈一凡眼尖地看到，她的耳郭整个都红了。果然是个容易害羞的姑娘。

"嗯……这个啊，我开车过来的路上，你一直用手捂着小腹，我猜可能是那个。"

听到这话，夏尔立刻醍醐灌顶，难怪他半路突然说想喝东西了，绕路去买了两杯热巧克力，原来是注意到她肚子疼。

夏尔突然感觉心里暖暖的，他看着散漫，原来心这么细，这么小的细节都能注意到。她刚要说谢谢，言佑突然风风火火地跑进来："老大，你们这聊天环节结束没，摄影师都等不及了，什么时候开始拍呀？"

沈一凡看了看夏尔："要不要再休息会儿？"

夏尔摆摆手："不用不用，我们现在就开始吧。"

夏尔去沈家的客房把拍宣传片的衣服换好，出门之前，她的心情多少有些复杂。不为别的，就为她现在穿的衣服和之前沈一凡穿的服装款式竟然像是情侣款，都是浅水绿色印繁花休闲款！不过还好，今天沈一凡穿的是便装，看不出什么端倪来。在言佑的催促下，她终于开门出去，外面的摄影人员已经就位了。

沈一凡绕着她转了两圈，赞许地点点头："这套衣服果然适合你，很不错。"

一旁的言佑屁颠屁颠求表扬："老大，小夏同学是很靓，但我的设计也不错好吗，你也不说夸夸我。"

沈一凡"嗯"了一声："是不错，继续努力。"

这时候，沈艾已经熬好红枣姜茶出来了，她看了看夏尔，也是连连赞叹。不过，她想了想道："衣服和人都美，不过阿姨看这个发型还可以更俏皮一些，这样更搭配休闲的服装。这样吧，你呢，正好先把阿姨给你熬好的姜茶趁热吃了，阿姨给你把头发整理一下，怎么样？"

夏尔受宠若惊："阿姨，这太麻烦您了。"

沈一凡推着她走到梳妆台的座位坐下，很自然道："一会儿姜茶凉了，我妈特意给你做的，乖乖吃。"

说完，他抬头看了看镜子，用手指绕着夏尔额前的碎发打了个圈，对沈艾道："这里卷一下会不会好一点，有那种小慵懒的感觉。"

他纤长的手指距离夏尔的脸只有一厘米的距离，夏尔觉得脸颊都莫名有些发烫了。她不敢看沈一凡，只能抬起头从镜子里偷看他。他正在专心研究她的头发，根本就心无杂念，她心尖一颤，默默对自己讲：夏尔，要淡定呀！

这时候，沈艾风风火火地走过来把沈一凡推到一边："好啦，你先去忙，我的审美你还信不过？"

夏尔嘟嘟嘴，突然发现自己被安排得明明白白，什么都不需要操心。她索性端起沈艾给她端来的红枣姜茶小口小口地喝起来。

沈艾则趁着沈一凡不在，一边帮夏尔整理头发一边和她闲聊起来。

"尔尔呀，你和沈一凡是怎么认识的，这臭小子，这些事都不跟我讲，阿姨什么都不知道。"

夏尔当下把她和沈一凡认识的过程说了一遍，最后总结了一下："当时我也不知道，原来他也是西大毕业的，我们还是校友呢。"

沈艾有些惊讶："没想到尔尔还会武术呢，看着这么招人怜，阿姨还以为是很安静、温柔的女孩子。"

夏尔连忙道："阿姨，其实我练武只是因为家庭环境的熏陶让我对武术比较感兴趣，平时不会随意打架欺负人的。"

沈艾笑着摆摆手："这还用说，阿姨看到你的第一眼呀，就知道你是好女孩。女孩子会武术是好事呀，不仅能保护自己，还能保护别人，而且就是因为你会武术，才和沈一凡认识的，这不就是缘分吗？"其实她心里想的是，沈一凡这臭小子明明是练跆拳道的，还假装柔弱求人家姑娘保护，她原以为自家儿子在谈恋爱这方面是愣头青，没想到还挺有几把刷子的。

夏尔喝了一口姜茶，绕过这个话题："阿姨，您熬的姜茶真好喝。"

"好喝你就多喝点。不是阿姨夸自己，阿姨这手艺跟餐厅的厨子比起来也是不差的，你什么时候有想吃的，只管让一凡带你过来，阿姨做给你吃。"

夏尔甜甜笑道："谢谢阿姨。"

沈艾的手确实巧，不一会儿，她就给夏尔梳了一个松散的丸子头，并且用细细的金色蝴蝶发针仔细做了装饰，又留了两绺细卷的碎发从脸颊边垂下来。比起松散的大波浪，这个发型确实更加适合她身上穿的这身休闲衣。

沈艾对着镜子看了看，对这个发型十分满意，这才招呼了沈一凡过来，骄傲道："怎么样？"

沈一凡俯下身看着镜子里的她，嘴角向上扬起："美极了。"

他温热的鼻息落在夏尔细白的脖颈上，夏尔吞了一口口水，只觉得那个位置的血流速度都加快了。还好，沈一凡很快直起身子，柔声道："走吧，大家都准备好了。"

在言佑的指导下，夏尔充分利用起沈家的各种陈设，摆出或俏皮或慵懒的姿势，将身上休闲装的美感展现得淋漓尽致。室内拍摄结束后，沈艾又提议到楼顶的花圃拍一组室外照，一直拍到下午五点钟。摄影师和跟来的助理都连连赞叹，甚至负责后期的工作人员都说夏尔来做模特真是选对了，随便一拍都美得很，后期处理省事不少。

133

收工之后，沈一凡请客到附近的酒店犒劳大家，吃到一半，夏尔脸色有些差，于是他把场子交给言佑，让言佑招呼好大家，然后自己开车送夏尔回宿舍。

　　夏尔有些抱歉："我没关系的，就是肚子有一点点疼，但是问题不大，我们可以吃完和大家一起走。"

　　沈一凡摇摇头："不行，今天你累了一天了，本来身体就不舒服，现在必须回去休息。"怕夏尔过意不去，他又补充了一句，"我和同事们已经很熟悉了，这些小事大家不会介意的，走吧。"

　　夏尔看他态度坚决也不好再推迟，跟大家说了抱歉之后便和沈一凡先走了。开车的时候，沈一凡比白天沉默很多，他先是开车到离西大最近的药店买了暖贴和止痛药递给夏尔，然后又绕路去了一家热饮店买了一杯滚烫的柠檬姜茶，一路上一句多余的话都没有。

　　从热饮店返程回学校的路上，夏尔小小抿了一口姜茶，然后有些忐忑地问："你……是不是不开心了？"

　　沈一凡摇摇头："别乱想。"

　　夏尔又抿一小口姜茶，声音里有些小精明："你明明就是不开心了。"

　　沈一凡没说话。

　　夏尔继续碎碎念："你为什么不开心嘛，吃饭前还好好的，干吗一路上都不理我。"

沈一凡还是没说话。

夏尔嘟嘟嘴，哼了一声："难道你以为你不说话我就会无聊了吗？不会的，你不理我，我就自己说。

"阿姨说花圃里的花大部分都是你养的，为什么你养的花长得那么好，是用了什么特殊的花肥吗？我以前也在家里的园子养过花，但是很快就养死了，所以后来我就不糟蹋花种了，直接从店里买花来插。

"还有啊，你给我当道具的那个茶泡得怎么也那么好喝，我看你泡茶的手法，跟我二哥以前泡的时候也差不多嘛，怎么他泡出来的茶就很普通，没有你泡的那种清冽的感觉，而且回味还甜甜的……"

沈一凡被她的碎碎念逗笑了，顺手把车停在路边，趴在方向盘上看着她："夏尔教练，你真是个宝藏女孩，还可以自己跟自己说话。"

夏尔欢喜地笑了："我就知道，我肯定能让你跟我讲话的。你说说嘛，怎么突然不开心了？"

沈一凡直起身子，没有回答，而是反问："肚子还疼吗？还是不要说话了，省点力气，我送你回去休息。"

夏尔恍然大悟："我懂了，你是因为我肚子疼才不开心吗？"

沈一凡歪头："为什么你肚子疼我会不开心？"

夏尔慢慢分析："肯定是你觉得我肚子疼是因为今天忙了一下午，

所以觉得很对不住我，所以因为自责而不开心，刚刚才会帮我去买药和热饮，对不对？"

沈一凡抬手想揉揉她的头发，但伸到一半还是很克制地收回去，轻声道："是我不好。"

夏尔无奈："这算什么事，这点工作量对我来说根本不会让我觉得累。你又不是不知道，我很强的嘛，以前我生理期的时候还跑一千米呢，所以你根本就不用自责。"

沈一凡神色变得严肃起来，他很认真道："夏尔，生理期做剧烈运动对身体不好，以后不要这样了。"

他难得严肃，以前给她讲题的时候风格也是风趣幽默的，现在训起人来，态度倒和她妈妈说教她的时候如出一辙。

夏尔心虚地点点头："知道了。"话说出口，她都有些吃惊，奇怪了，她夏尔侠女一般的人物，从来都没怕过谁，现在怎么这么怕沈一凡，他脸色稍微严肃一些她心里就紧张了？

她乖巧的态度让沈一凡十分受用，他终于转过身子开始启动车子，面部的线条也柔和多了。

夏尔缓缓转回身子，正襟危坐，目不斜视，心却怦怦怦跳得飞快，难道她对沈一凡，真的情愫暗生了？

在夏尔激动又忐忑的心情中，车子终于在西大门口停下来。沈一凡替夏尔把车门打开，又打开后座的车门帮她取外套，夏末的夜晚略微有些凉意，这外套还是出门前沈一凡提醒她带的。夏尔伸手去接外套，手里提药的袋子不小心掉下去，沈一凡弯腰帮她捡，她外套里的钱夹又掉出去了。

沈一凡无奈，先把外套递给她，再次弯腰去捡钱夹，钱夹掉下去的时候是打开的，沈一凡无意间看到，里面夹着一张男生的照片。看清那男生的样子，沈一凡愣了一瞬，起身的动作也慢了一拍。

他把钱夹递到夏尔手里，脸色有些不自然："钱夹里的男生是谁呀，我看着好像有些面熟。"

夏尔没注意到他神色的变化，答道："哦，这个呀，其实我也不太认识，我只知道他叫梁沉，我读初中的时候他帮过我一次，我一直想再见到他当面感谢，不过之后再也没碰到了。"

她读初中的时候算起来最少也过去四五年了，这么久过去了，她还把梁沉的照片放在钱夹里，可见对他的印象是十分深刻的。

沈一凡眉头轻轻皱了一下，但也没有细问，只留下一句"你好好休息，不要剧烈运动"便开车离开了。

夏尔看着他的背影，有些摸不着头脑。

沈一凡刚刚的脸色好像有些不正常，是她的错觉吗？她想了好久也想不出个所以然，索性提着东西回宿舍去了，心想下次再见他的时候直接问他就好了。

第七章
冤家路窄

"这位'圆圆圆圆的圆子'小姐是哪位呀？我认识你吗？"

十一月中旬的一个周五，上完最后一节课，方圆圆约夏尔去吃烤肉来迎接即将到来的双休日，夏尔却在桌上撑着脑袋发呆，连她说什么都没听见。

　　方圆圆戳戳她的胳膊："以前吃好吃的你最积极了，今天这是怎么了？"

　　夏尔这才反应过来："哦，想事情呢。"

　　方圆圆拍拍她的肩膀："来，跟姐说说，遇到什么困难了。"

　　夏尔摇摇头："我能有什么困难，是沈一凡啦。他的工作室现在缺一个能在短时间内制作大批量成衣的作坊，十万火急呢。"

　　方圆圆哈哈大笑："人家十万火急，你在这儿惆怅什么？"

　　夏尔瞪她一眼："人家把我的物理从及格线提上 90 分，我就不能有点良心关心关心他？"

方圆圆唏嘘道："我看可不只是因为成绩吧。"

夏尔瞪方圆圆一眼，作势要打她。

方圆圆赶紧举手投降："好了好了，不闹了。我想起来了，说起作坊，我还真有点头绪。我舅舅家就有一个小作坊，人员配置和做工绝对没的说。"

夏尔眼神一下子亮了。方圆圆看夏尔这么开心，虽不忍心给夏尔浇冷水，但实在情况特殊，她十分委婉道："你先别高兴太早，我还没说完呢。我舅舅确实是有那么一个作坊，但之前并没有接过外界的单子。他是个宠妻狂魔，我舅妈是个自由设计师，只穿自己设计的衣服，所以我舅特意开了个作坊专门制作我舅妈设计的衣服。"她顿了顿，很认真地分析，"所以吧，以我舅宠妻的程度来看，你要让他用这个饱含爱意的作坊去制作一批不相干的成衣，难度值不小，不过吧，为了解救我们尔尔的忧思，我还是愿意去尝试一下的。"

夏尔一把抱住方圆圆的肩膀："好好好，不管成不成功，我都会对你感恩戴德的！"

方圆圆白她一眼："那烤肉还吃不吃？"

"吃吃吃！我请客，想吃什么吃什么！"

周末，方圆圆起了个大早，九点钟左右就到舅舅钱恪家去帮夏尔探口风了。她以为她是起得最早的小蜜蜂了，没想到有人比她更早，

140

她刚进门钱恪就说家里来客人了。她只好先提着小裙子上楼等着。

书房里，言佑正和苏晴相谈甚欢。前天晚上，言佑给苏晴发了一封邮件，里面附有一些他自己的设计作品，并且简单谈了谈自己的设计理念，表示希望和苏晴当面聊一聊。不久前，沈一凡刚给他下达了一项任务，希望他以作品会友来结交一下个人设计师苏晴，同时旁敲侧击地打探一下他们的作坊有没有和工作室合作的可能性。他本来想着如果这次没成功再想别的办法，没想到苏晴是个爽快人，看了他的作品以后十分欣赏，并且直接邀请他来家里做客。

一开始，言佑只是将与苏晴见面当作是一项任务，但看过苏晴的作品后，包括与她本人进行深入的交流，他发现对方确实是个十分有个性的设计师，很多设计理念和他不谋而合，在设计方面都注重"简约"和"轻奢"这两个要素，就算最后不能达成合作，他也觉得能够结识苏晴是件很棒的事情。

两个理念相近的设计师聊着聊着渐渐忘了时间，不知不觉两个小时过去了。钱恪只好进来提醒："两位大设计师介不介意吃过午饭再接着聊？"

苏晴笑道："看我，聊起设计来就忘了时间。小言你先坐会儿，我先做饭，下午咱们再接着聊。"

苏晴去做饭的间隙，钱恪上楼把方圆圆抓下来和客人聊天，方圆圆听说是同龄人还是个帅哥本来是有一点小兴趣的，直到看到那位"客人"，她整个人都石化了。难道这就是传说中的冤家路窄？

言佑"噌"的一下站起来："你怎么在这里？"

方圆圆挑眉："这是我舅舅家我怎么不能来，我还想问你呢。"

舅舅？言佑惊悚地看着方圆圆，只觉得冤家路窄，这世界有这么小吗，怎么他做什么事都能碰到这个刻薄又牙尖的丫头！

方圆圆很嫌弃地看着言佑："你这是什么表情？不会是觉得我很想碰到你吧？"

言佑现在的心情复杂极了。一方面，他跟这个丫头是绝对没有什么共同话题的，他一点都不想和她聊天。但另一方面，今天他有求于钱恪夫妇，这丫头是他们的外甥女，他最好还是不要把关系搞得太僵。

于是，他挤出一个十分僵硬的微笑，尽量让语气不要那么咬牙切齿："哪里，方小姐，我只是没想到在这里也能遇见你，真是有缘。"

方圆圆抖抖胳膊上的鸡皮疙瘩："得了，言先生，您还是把虚情假意收一收，我有点不习惯。"她眼珠子一转，突然想起什么，"不对啊，你来这里干吗？"她联想到自己来这里的目的，再想一想言佑和沈一凡的关系，突然眼前一亮，"我知道了！"

言佑身子一抖，眼神有些闪躲："你……你知道什么了？我就是来找晴姨交流设计的！"

方圆圆双手抱胸眯起眼睛："晴姨？叫得还挺亲热，你倒是有两把刷子，能让我舅妈欣赏的人可不多。"

言佑一挑眉："难得，竟然能从你嘴里听到夸我的话。"

方圆圆"喊"了一声："舅妈现在是欣赏你，就是不知道你跟她说想用她的作坊后她还会不会这么欣赏你了。"

言佑好看的眉皱起来，她还真知道。他顺口问："这事你怎么会知道？"

方圆圆耸耸肩："尔尔说你们需要一个成衣作坊，我舅舅家就有，她就拜托我过来探探口风。不过我倒是没想到你们消息这么灵通，居然也能找过来。"

言佑松一口气："这么说你过来的目的跟我一样。那你有想到什么好办法吗？"

方圆圆歪头："也没什么好办法。本来我是想了一大堆恳切的言辞来求我舅妈的，不过嘛，"她狡黠地看一眼言佑，继续道，"既然言大设计师有备而来，想必也没我什么事了，我就在一旁默默观望好了。"

言佑赔笑："别呀，多个人多一份希望，你要是默默观望，你那一大堆恳切的言辞不就白准备了吗？"

方圆圆还没来得及说话，钱恪突然敲门进来，说饭快做好了，让他们先到餐厅吃饭前甜点，两人只好中止话题。

吃饭间，言佑一直和方圆圆使眼神，落在钱恪夫妇眼里成了"眉来眼去"，两人心里都在想言佑一定是和外甥女看对眼了，但作为当事人，方圆圆却对他的暗示视而不见，一会儿夸苏晴做的地瓜丸好吃，一会儿夸钱恪做的糖醋鱼地道，就是不跟言佑说话。言佑心里那叫一个憋屈，他都不知道这是第几次在方圆圆这里吃瘪了，为了让方圆圆帮忙，他现在连相亲的时候她刻薄他的仇怨都放下了，没想到这个丫头居然这样无视他，他险些咬碎一口银牙！

言佑和方圆圆各怀心思地吃完这顿午饭，最后言佑得出一个结论，看来方圆圆是指望不上了，还是只能靠自己！

于是，饭快吃完的时候，言佑拿餐巾擦了擦手，然后微笑着对苏晴说："晴姨，其实我设计了一套礼服，当作我送给您的见面礼，上午聊天太投入了忘记拿给你，您要不要看一下？"

苏晴面露喜色："真的呀？小言你真是太客气了，正好，我过几天要去参加一个慈善晚宴，正愁最近没什么礼服设计的灵感呢，你设计的礼服我一定喜欢。走吧，去书房，我好好欣赏一下你的作品。"

这时候，方圆圆吞下最后一个地瓜丸，也跟着站起来："舅妈，我也去看，我也去看。"

言佑眉头一皱，心想你又不帮忙去干什么，不过直接说出来似乎有些不礼貌。他还在犹豫，钱恪又跟着说："走走走，舅舅也去看看，你舅妈欣赏的设计师，作品一定不差。"

这下好了，只能大家一起去看了。言佑默默翻了个白眼，他有求于苏晴，大家一起去这怎么好意思说出口。他趁钱恪夫妇不注意恨恨看了一眼方圆圆，方圆圆回他一个得逞的鬼脸便大摇大摆跟着苏晴去书房了，他没办法，只能硬着头皮按照原计划进行。

进了书房，言佑珍而重之地从文件夹的最里层拿出几张设计稿来递给苏晴。

苏晴满脸笑意地接过去，但看着看着，她脸上的笑意慢慢淡下去，神情变得严肃起来。

钱恪和方圆圆看她神情不对，赶紧凑上去一起看。他们一边看，言佑一边用舒缓的声音来介绍他的设计作品："这三张是一套婚纱的设计，第一张是主纱，我选用了缎面材料，真丝塔夫绸是真丝品种里顶级的面料，制造难度大，自带哑光，最衬晴姨的气质，有一种高贵和圣洁在里面。同时，缎面富有韧性和光泽的质感，象征着追求独立的女性在爱情中有所包容，但又能保持自我。在设计方面，我附加在这件婚纱上主要的元素是疏松的褶皱，一方面，自然的褶皱能够赋予这件婚纱柔美的视感，另一方面，褶皱的纹理在腰部收紧，能够很好地展现女性纤瘦的美感。至于婚纱的拖尾处，可能很多新娘会喜欢长拖尾带来的庄重感和仪式感，但我想，晴姨应该会更加钟爱这种简约的短款设计，轻盈爽快，不被繁重所羁绊，在忠于爱情的同时，也坚持灵魂的自由。"

随着他的娓娓道来，方圆圆看他的眼神渐渐复杂起来。钱恪神色似乎有些怔忡，再看言佑时眼里带了些许探究。只有苏晴仍然在专心地欣赏着那张设计图稿，谁也不知道她在想些什么。

看苏晴没有出言制止，言佑继续介绍："第二张是户外款礼服，这个设计风格偏向森系，应该不是晴姨钟爱的风格，但每个女孩心中都有一个少女梦，我希望这件礼服能圆属于您的那个梦。里面细肩带和双臂处环形流苏的设计使婚纱多了灵动和俏皮感，而裙摆的流苏则是给整件礼服增加了轻盈感，像是活泼又无忧无虑的少女穿梭在森林和原野，留下一串明媚闪烁的残影。

"第三张的设计稿上是一套头饰，我省略了繁复的构造，选用了山荷花作为主要的意向。山荷花生在高原，遇水整朵花的花瓣都会变成透明色，是自然界中圣洁的花，用白水晶细细雕琢一朵山河花，再用绞银的软链将水晶花缀在发尾点缀，简约又有意境，很适合您。"

方圆圆之前想了很久言佑会怎样讨好苏晴，没想到，他居然设计了一整套婚纱。对于别人，可能一套婚纱就只是一套礼服，但方圆圆知道，婚纱对于苏晴是有特殊意义的，象征着一场迟到的婚礼。

钱恪和苏晴年轻的时候相爱，当时苏晴钟爱设计，毅然辞掉自己的工作开始做喜欢的事，但当时她的设计理念比较超前，很长一段时间都没有好的资源，也没有遇到伯乐，只有钱恪一直默默支持她。本来他们的爱情是很好的，问题就出在钱恪的父母，也就是方圆圆的外公、外婆并不认可苏晴，他们希望钱恪按照他们的安排娶一个门当户对的有前途的女人。因为没有受到家人的认同，所以钱恪和苏晴的结婚证是背着家人偷偷领的，自然也没有大张旗鼓地办婚礼。

当年苏晴曾经说过，等他们结婚的时候，她一定会亲手设计一套婚纱，当最美的新娘，但是领证之后，她再也没提过婚礼的事。钱恪曾经说过想给她补办一场婚礼，她的回答每次都是婚礼只是一个形式，既然错过了，那就算了吧，但方圆圆知道，舅妈其实并不像表面上那么洒脱，她不想办婚礼只是因为他们的爱情始终没有得到钱恪家人的祝福，办婚礼没有任何意义。

方圆圆看着言佑欲言又止，苏晴和钱恪之间的事不是什么秘密，要查自然也能查到。方圆圆是没想到言佑这么有心，那套婚纱从整体到细节都十分精致，可见确实花了心思。

这时候，一直沉默的钱恪终于开口了，他的声音带着岁月沉淀下来的温柔："夫人，这婚纱我看不错，衬你，你穿上一定好看，想不想试一试？"

苏晴伸手抚摸设计稿上那件主纱的纹理，又看了很久，终于抬起眼来，眼底情愫翻涌。她看向言佑，嘴角微微扬起："这套……婚纱，我很喜欢，起名字了吗？"

言佑摇摇头："既然是送给您的见面礼，名字就由您来取吧。"

苏晴的视线又落回设计稿上，似乎透过那件婚纱看到了很久远的过去。终于，她声音轻缓道："不如，就叫它'流云'，塔夫绸，流动的云，怎么样？"

言佑眼里带着赞许："很妙，果然，这套婚纱是专属于您的。"

苏晴对这套"流云"是发自内心的喜欢。看她开心，钱恪也跟着高兴，这些言佑都看在眼里。言佑知道，这时候如果提出想要和成衣作坊合作的事情，有八成的可能钱恪夫妇会答应，但话到嘴边，他突然说不出来了。

苏晴笑着看向言佑，眼里似乎带着某种看穿一切的了然，但又带着长辈对后辈的无限欣赏和包容："小言，这么用心的见面礼，我收下了。来而不往非礼也，按道理来说，我也应该特意设计一件作品给你，但我也没有提前准备，不如晴姨答应你一件事，任何能力范围之内的事都可以，怎么样？"

言佑抿唇想了片刻，忽然轻松地笑了。他带着一丝撒娇的语气歪头问："真的什么事都可以？"

苏晴笑道："当然了，你一个小孩子，阿姨还哄你不成？"

言佑看看苏晴，又看看钱恪，笑道："那我现在要提喽。"

苏晴点头。

"好。那我希望，我有幸见到晴姨亲自穿上这套我设计的婚纱，可以吗？"

听了他的话，苏晴和钱恪，甚至是方圆圆都有些意外。钱恪忍不住问："就这么简单？"

言佑耸耸肩："对我来说这很有意义呀，这是我人生中设计的第一套婚纱，如果晴姨只收下设计稿却不想穿它，那我就永远看不到成品的样子。"

钱恪沉默了一瞬，看言佑的眼神多了几分赞许。一时间，苏晴和钱恪关于没有举办过婚礼的遗憾和心结似乎都随着言佑设计的这套完美的婚纱而消解，言佑和方圆圆作为见证者都替他们感到开心。言佑在心里默默想，虽然任务没有达成，但能够为晴姨完成一个夙愿，也算是做了一件好事吧。

言佑知道这个时候钱恪和苏晴需要一些独处的时间，所以适时地告辞，说之后有时间再来和苏晴交流。

言佑走之后，方圆圆左思右想，还是想不通言佑为什么最终放弃了提条件的机会。她晃晃脑袋，快步追了出去，心想一定得问清楚，不然她会一直想一直想，她可不想一直想言佑那个讨厌鬼。

言佑在上车的前一秒被方圆圆拦下来，而且是掰着车门不让他上车的那种。他挑挑眉，顺势吊儿郎当地靠在车门边："方小姐，你不觉得你这个姿势……"他想了想措辞，最后十分欠扁地道，"好像是偶像剧里男主角拦下女主角的方式才对吧，我们是不是需要互换一下角色？"

方圆圆闪电般收回手，不满地乜斜他一眼："少往自己脸上贴金了。"

现在言佑对方圆圆无所求，态度自然不像之前在钱家那么狗腿。他双手抱胸好整以暇地俯视方圆圆，懒散地问："说吧，方大小姐拦下我所为何事？"

方圆圆清了一下嗓子："那个……你不是来和我舅舅、舅妈谈借用作坊的事情吗？你手段那么高明，设计婚纱都想出来了，明明就要成功了，最后舅妈让你提条件你怎么都不提？"

言佑耸耸肩："谁说没提，我不是提了吗？"

方圆圆"喊"了一声："你那哪里是自己的愿望，分明在帮我舅舅、舅妈实现心愿。"

言佑懒懒笑了笑："突然觉得这个条件更有价值就提了呗。好了方小姐，我现在有点忙，要回去想一下新的对策，你看你要不让一下？"

方圆圆想了想，拦着门的手略有松动，言佑直起身子打算上车，胸口却触到一条纤细的手臂，他垂眼，入眼正好看到方圆圆纤长的睫毛，她发间淡淡的幽香缓缓盈入他的鼻腔，让他猝不及防。他下意识地想往后退，但后背已抵到车上，退无可退。于是，在方圆圆的瞪视下，言佑十分惊恐地挤出五个字："霸王硬上弓？"

方圆圆反应过来，立刻以迅雷不及掩耳之势后退一步，并且下意识地双手抱胸，瞪着一双水汪汪的大眼睛看向言佑，好像言佑做了不得了的事情。

言佑毫不掩饰地翻了个白眼，内心活动十分明显：小姐，是你自己扑上来，我动都没动好吗？

方圆圆也意识到自己反应有些过激，尴尬地慢慢把手放下来，干咳一声："那个，你先别走。"

言佑挑眉，尽量耐着性子："方大小姐，你还有什么事？"

方圆圆撇撇嘴："我还是想知道，你为什么最后没有提你的条件，你这个人明明……"

她话还没说完，就被言佑冷冷打断了："我这个人明明不像是那种会为他人着想的人，其实我应该一切为谋求自己利益的最大化考虑是不是？"

方圆圆抿抿嘴，她确实想表达这个意思，自从那天在相亲现场言佑霸道地跟她抢座位开始，她对这个男生就没什么好感。但这种话从言佑自己嘴里说出来，总让她有些不好意思，似乎一直以来都是自己误会他一样。她被言佑说得脸颊微微泛红，说不出话了。

言佑本来对方圆圆的不依不饶有些烦躁，但看她现在有些小委屈的样子，他不禁反思，难道刚刚是他说话太重了？

他叹口气，语气尽量平缓："我呢，今天来确实是抱着谈生意的目的和晴姨交流，然后送给她婚纱的设计图也是希望增加她对我的好感。但后来我发现我和晴姨的设计理念确实有共通之处，而且从交流我能看出来，晴姨是真的很欣赏我，尤其是当她看到那件婚纱的设计图，她的眼神告诉我她是真心喜欢我的礼物，那一刻我觉得我其实没办法把这件精心准备的礼物作为一个交换的筹码。相比于谈生意，我觉得我更加不想辜负晴姨对我的欣赏和信任，也不能用一些利益上的东西来伤了我们之间刚刚建立起来的友谊，所以我放弃了。现在我算是回答了你的问题吧？"

方圆圆现在的心情很难描述，言佑的一番话似乎把她之前对他的印象全都推翻了。她一直比较讨厌的人突然说出这样一番十分有温度、有感情的话，她一时间有些不知道该怎么看待这个人了。她几番欲言又止，最后却问了一句无关痛痒的话："那你们的成衣制作怎么办？"

言佑看上去并没有很大压力："其实我在工作室只是一个设计师，工作室运营方面的问题自然有老大解决，我百分百相信他，就像他相信我一样。"

得，看来他不仅有温度，还是个会无条件信任朋友的好男孩。方圆圆有一种奇妙的错觉，好像现在言佑每多说一句话，他的形象就更高大一分。

在方圆圆还没想好怎么接话的时候，言佑已经潇洒地上车扬尘而去了。

方圆圆看着他的车消失在转弯处，整个人都有些心不在焉，这种状态一直持续到她返回钱恰家，苏晴和钱恰还在书房欣赏言佑设计的绝妙的婚纱。

方圆圆心里有一种冲动，她想把言佑刚刚说的话都告诉苏晴。一方面，她今天来舅舅家本来就是帮夏尔探探舅舅、舅妈的口风，只是半路碰到言佑，她的计划被打断了。另一方面，可能是受言佑刚刚那番话的影响，她突然很想帮他一把，因为现在的她觉得言佑似乎是个不错的人了。

她斟酌着怎么开始这个话题，但好像怎么说都不太妥当，于是几番欲言又止。

最后，钱恪终于想起什么："圆圆，你来的时候说今天来是有正事的，刚刚一直有客人，舅舅都忘了问你，什么事呀？"

方圆圆吞了几口口水，终于在钱恪和苏晴鼓励的目光下把想说的话说出来："舅舅，舅妈，其实，言佑今天过来是有一件事想请你们帮忙的，但他说看舅妈那么喜欢那件婚纱，那么欣赏他，他实在不想把舅妈对他的欣赏作为请你们帮忙的筹码，所以最后也没说出口。事情是这样的……"

言佑回工作室向沈一凡报告他和钱恪夫妇谈的结果，他以为这个结果多少会让沈一凡有些焦虑，没想到沈一凡却十分平静。

言佑不解："老大，你之前不是说没有 B 计划吗，这唯一的方案都失败了，你一点都不着急？"

沈一凡笑道："没事，我早料到你十有八九谈不成。"

言佑有些小情绪了："老大，你这是不相信我的实力啊。"

"那倒不是。"沈一凡从电脑后抬起眼来，"我一早就知道你不会先跟人家做朋友又跟人家提条件的，你做不出来。"

言佑惊呆了："那你还让我去？"

沈一凡很是"慈爱"地看着他："苏晴确实是个不错的设计师，跟你的理念十分相似，交流交流也不错，又没坏处。"

言佑愣了一秒，看沈一凡的眼神都变了，像是在看一只老奸巨猾的狐狸："老大，可以啊你，把我安排得明明白白。"

沈一凡冲他眨眨眼睛："自家兄弟，别客气。"

言佑一阵恶寒，他抖了抖身上的鸡皮疙瘩，然后想到一个很重要的问题："那成衣赶制的事情怎么解决？"

沈一凡终于露出一些无奈的神色："我最近一直在搜集西市内大大小小的成衣作坊，除了苏晴那里外还有几家也比较有潜力，我已经派人去走访了，大概下周内会有结果。"他起身拍拍言佑的肩膀，"好了，这些事交给我。你这段时间太辛苦了，给你放个小长假，一周的时间吧，出去散散心或者随意做点什么都行，一周之内别让我在工作室再见到你了。"

沈一凡的话让言佑险些热泪盈眶，甚至还有些不敢相信："老大，现在的你是真的你吗，给我放假？"

沈一凡凉凉地看他一眼："你要这么说的话，我看产品的营销方案还没有完全确定……"

"别别别，老大，我立刻收拾行李！"

言佑提着当时在机场被沈一凡扣下的行李走出工作室，心里多少还是有些怅然。他知道苏晴的作坊确实是他们最好的选择了，但最后还是没有谈成。他叹了口气，慢悠悠地朝停车场走，手机突然振动了一下。他摸出来一看，是条微信好友验证消息，点开一看，对方名字是"圆圆圆圆的圆子"。

看到这么熟悉的昵称，他当下心里有了谱。但他没有直接同意好友添加的申请，而是在验证界面跟她聊起来："这位'圆圆圆圆的圆子'小姐是哪位呀？我认识你吗？"

言佑的号码还是方圆圆的妈妈给的，但她一直没有加微信。她万万没想到，她方大小姐现在放下面子主动去加好友，对方居然不买账！她险些咬碎一口银牙，她明明在验证消息里写了自己的名字！她就不信他不知道她是谁！

她深吸一口气，按捺着想跑到手机那头把言佑暴打一顿的冲动，很有"耐心"地回答："言佑先生您好，我是方圆圆，您可能不记得，我们不久前刚刚一起共进了午餐！"

言佑仍然没有通过好友申请，继续说："哦，想起来了，就是上

155

次跟我相亲的那个方圆圆对吧？"

真是哪壶不开提哪壶！方圆圆翻个白眼："对，就是那个在餐厅里大方地给你匀出半张饭桌的方圆圆！"

她的耐心实在有限，没等言佑再说废话，直接霸气道："你赶紧给我通过申请！我舅妈有话让我带给你！"

言佑一看她要替苏晴传话，也不再逗她，直接通过了好友申请。

方圆圆看着好友验证通过的界面暗戳戳想，早知道这样，她就直接报舅妈的大名了！

好友添加成功，她直入主题："我舅妈说这周会把你设计的那套婚纱赶制出来，下周末拍婚纱照，请你去参加。还有就是她觉得你是个很好的合作伙伴，关于你们工作室和作坊合作的事她想和你当面谈一下，你有她的邮箱，你可以给她发邮件约一下时间。"

言佑仔细把这条消息一个字一个字地从头看到尾，心情慢慢变得复杂起来。他没有和苏晴提过合作的事，这么看来一定是方圆圆后来把情况和她讲了。方圆圆对他有些偏见，他一直都知道，所以他不觉得她是在帮他，那就是在帮夏尔了。

言佑觉得这个想法很正确，但这毕竟不是件小事，而且人家特意加他好友通知他，他怎么说都应该表达一下谢意才合适，但他手指在键盘上敲下几个字又觉得不妥，默默删掉，继续打字，又删掉，总觉得发什么都有些尴尬。他想了想，最后在聊天框敲了两个朴素的字：

156

"谢了。"

消息发出，一条自动回复飞快弹出来："您当前不是对方好友，请添加好友再尝试发送消息。"

言佑惊诧地盯着那条消息旁边的红色感叹号，盯着手机屏幕看了半晌，最后忍不住骂了一句脏话。

本来还以为以前误会她了，可能她从本质上是个善良的女孩子，现在他彻底醒悟了，自己真是想太多，删好友的她才是那个真的她!

方圆圆把苏晴答应合作的事告诉夏尔，夏尔高兴坏了，直接给了她一个大大的熊抱。

方圆圆笑着挣开夏尔："说起来这件事我还真不敢居功，多亏了你的沈老师神通广大，他早就知道我舅妈的工坊了，而且还派他的金牌设计师言佑去和我舅妈交流，效果立竿见影，我舅妈很喜欢言佑，所以就答应了。"

夏尔在脑子里处理了一下这些信息，最后得出一个结论："看来我是白操心了，怎么会有沈老师做不到的事。"

方圆圆抖了抖身上的鸡皮疙瘩："拜托，你能不能控制一下你花痴的表情?"

夏尔干咳一声："啊，有吗?"

方圆圆翻了个白眼："你说呢?"

时间越来越接近年末，沈一凡工作室的工作也越来越忙碌，经过团队商议，最终给新品牌定名为"F&F"，意为"Free and Fashion（自由又时尚）"。钱恪的作坊效率很高，在十二月初就已经把所有的成衣制作完成了，而且经过和苏晴的讨论，言佑在一些设计的细节上做了一些优化，出产的成品更加完善了，一切都在按照原计划进行，除了一个不太和谐的小插曲。

　　工作室负责营销的团队在参考各大购物平台商品的前期预售手段时，突然发现"思艾"品牌的模块下多了一个新开发的子品牌，品牌名为"美衣轩"。"思艾"将大部分的宣传资源向这个子品牌倾斜，"美衣轩"的服装虽然设计中规中矩，但胜在作为新品牌折扣力度巨大，再加上与"思艾"的捆绑无形中给服装的口碑提供了一些保证，使消费者更愿意对新品进行尝试性购买。

　　当时言佑刚刚结束小假期，得知这个消息，他立刻到沈一凡的办公室和他商量对策。他火急火燎，沈一凡倒是淡定得很，只是云淡风轻地说了句"知道了"，便没有下文了。

　　言佑大大咧咧地在沈一凡对面坐下来："你爹一边让你设计和推出新品牌，一边又自己推出了一个新品牌，而且还给了这个品牌大量的资源倾斜，这不是断了你的后路吗？"

　　沈一凡面不改色地继续忙工作，一边很平静道："这也没什么。

反正我为这个品牌付出心血也不是为了给他作嫁衣，他已经推出了新品牌不是更好。就把这个'美衣轩'当作千千万万竞争对象中的一家好了，不用理会太多。"

言佑想了想："你这么说的话倒也没错。不过，你有没有觉得这个品牌的名字有点……"

沈一凡轻笑一声："有点熟悉是不是？你猜对了，这'美衣轩'正是我那二哥梁轩的手笔。"

提到梁轩的时候，他的眼神明显冷了几分。言佑看出不对，赶紧打马虎眼："哦，这样啊，其实我本来是想说，这品牌的名字有点忒俗气了，一看就是俗气的人命的名，呵呵，那什么，你先忙啊老大，我去看看销售界面设计得怎么样了。"说完，他便起身一溜烟跑出门了。

言佑走后，沈一凡敲键盘的手立刻顿住了，神色也变得冷冽起来。事实上，半小时前，梁坤给他打了个电话。

梁坤语气沉稳无波："看到'思艾'官网上推出的新品牌了？"

沈一凡捏着手机的手紧了一紧，语气却平静："看到了。"

梁坤笑了笑："你还挺沉得住气，不问问我怎么回事？"

沈一凡冷笑一声："自家企业，梁董想做什么就做什么，我一个外人有什么立场过问。"

这句话成功把梁坤激怒了。梁坤冷哼一声："你这是要跟我撇清关系？"

沈一凡没说话，梁坤继续道："不怕告诉你，新品牌推出的工作，我本来就是无差别地下达给你和你二哥，让你们各自放手去做，择优加入'思艾'，整个开发过程，你二哥处处谦虚请教我的意见，在困难的时候也会寻求我的帮助，而你，只顾着一门心思自己干，遇到事情从来不和我交流，你以为凭借你一己之力就可以成功推出一个新品牌吗？"

沈一凡有些好笑："首先，我本来以为梁董安排这个工作给我是因为相信我能做好，没想到，您的本意是希望我遇到困难就向您服软，是我太天真了。其次，'思艾'的知名度确实很高，销量和口碑都不错，但是，当初这个品牌创建的时候用的是我母亲的名字，现在您的心境已经和品牌创建伊始不同了，所以加不加入这个品牌对于我来说并不十分重要。梁轩是您的儿子，你想扶持他我觉得很合理，我没有任何意见。最后，我没有凭我一己之力，我有优秀的合作伙伴，还有一个为工作室尽心尽力的员工团队，希望您知道，我的团队中不仅有您安插过来监视我的人，也有怀揣梦想并且愿意为之奋斗的人，所以我对我的工作室有信心，也对我们即将推出的新品牌有信心。还有最重要的，我做这些事是为了实现自己的价值，而不是为了得到您的认可，所以您做任何决定，跟我都没有任何关系。"

沈一凡这一番条理清晰的话打了梁坤一个措手不及，梁坤被气得呼吸都变得粗重起来。他怒气冲冲道："梁一凡，你就不怕我撤掉你工作室的资金链，让这些令你骄傲的资本都成为泡影？"

他以为沈一凡会服软，没想到他还是低估了沈一凡的倔强。沈一凡轻笑一声："是啊，您不说我都快忘了，这个工作室最初是在您的支持下建立起来的，启动资金全部出自您手，现在这个最初支持创建它的人要以把它毁于一旦来威胁我，这真是天大的笑话。"他语气冷下来，"结束这通电话之前，我觉得我有必要再提醒您一句，我的名字是'沈一凡'，不是'梁一凡'，这点永远都不会改变的。"说完，他便直接掐断了电话。

电话挂断，沈一凡终于卸下周身的铠甲，无力地靠在椅背上闭目养神。他不是气梁坤在没有通知他的情况下暗暗支持梁轩，他是气自己这段时间昼夜颠倒、辛辛苦苦做出的成果在梁坤眼里什么都不算，甚至梁坤轻飘飘一句话就可以把这一切都毁掉。

他做了几次深呼吸，才将将平复好波动的心绪，以至于言佑进来的时候，他表现得像什么都没发生过一样。他心里暗暗想，不论如何，他都要让"F&F"如期推出！

第八章
圣诞酒会的小风波

"你之前不是说，男孩子在外面也
要注意保护自己吗？"

Baigei Duini
De Xindong

梁坤最终还是没有动工作室的资金链，像是完全放任沈一凡了。

在万全的准备下，"F&F"工作室在年货节准时推出了两个服装系列，第一周的销售额达到 90 万左右，售出的服装总量达三千多件，店铺收藏量疯涨，虽然还比不上"美衣轩"的架势，但作为一个新兴的工作室，这一战打得出乎意料地漂亮。

尽管沈一凡已经预料到销售额的大概数值，但这次取得的成果还是超出了他的预计。他查了其中的原因，才发现在年货节开启的时候，包括苏晴在内的西市设计师圈里的名流纷纷发博为"F&F"做宣传，大力夸赞了言佑的设计。更重要的是，钱恪作为西市商界的巨擘之一，亲自在社交软件上为"F&F"的质量做保证，并且主动提出"钱氏作坊的首次合作对象"这一噱头进行宣传。

沈一凡默了片刻，立刻给言佑发了条消息过去："明年年薪加倍，假期加倍。"

忙碌的日子告一段落，年节前"F&F"工作室没有什么特别重要的工作了，只要继续跟进年货节的销售就好。沈一凡又恢复了每周末到散打社打卡的习惯。

参加完训练，他请夏尔到小北门外吃番茄鱼，夏尔一边走一边和他闲聊："最近工作怎么样呀？"

沈一凡踢开脚下的一颗小石子，轻松道："挺顺利的，销售数据和我预想得差不多，暂时不会特别忙了。"

夏尔点点头："那就好。"

沈一凡笑："大家愿意选择我们的品牌，你有很大功劳，宣传照十分亮眼。"

夏尔摆摆手："哪有，是工作室的成员都很优秀。"她顿了顿，又小声补充了一句，"还有你也很优秀。"

沈一凡突然停下来很认真地看着夏尔："说实话，这的确是网售商品很好的加分点，真的很感谢你。"

他第一次这样郑重地对她说感谢，夏尔有些不好意思："其实我也没有做什么，你不用……"

"我会准备谢礼的。"夏尔的话被沈一凡轻声打断，他歪头看向她。

因为距离很近，夏尔几乎可以闻到他身上极淡的柠檬味，她下意识地深吸一口气，脑子里不知怎么想起言情剧里男主角对女主角表达感谢的情况十有八九是要以身相许了。

她咽了一口口水，心里已经在默默盘算，如果这样的话，这份谢礼该不该收下呢？答案是肯定的！毕竟不久前拍 MV 的时候她就快按捺不住了！但如果要答应的话，是不是应该想个矜持而体面的方式？

沈一凡身上的柠檬味越来越清晰，夏尔的心跳也越来越快。

但是，在她心里已经准备好小剧本的时候，沈一凡含着笑意的声音突然慢悠悠地从她头顶传来："过阵子下雪带你去色达旅行怎么样，冬天下雪的时候那里的红色小房子特别漂亮，像仙境一样，我觉得你会喜欢。"

夏尔一愣，默默抬起头来，沈一凡俊美无瑕的脸近在眼前。她眨了眨眼，修长卷曲的睫毛几乎碰到沈一凡的下巴。

沈一凡弯起食指刮了刮她的鼻尖："想什么呢，这么专注？"

夏尔的脸"噌"的一下红了。

他怎么不按剧本来！

夏尔对上他含笑的眼睛，赶紧低下头去避开他的眼神："那个……色达啊，好，那去吧，挺好的。"

看夏尔有些语无伦次了，沈一凡舍不得再逗她，他笑起来："好啦，走吧，一会儿番茄鱼那里要满座了。"

说着，他便先一步向前走了。

夏尔看着他优哉游哉的背影，懊悔地拍了拍自己的脑袋。她是从什么时候开始对沈一凡抱有这样毫无淑女可言的期待的？

转眼间，西大的期末考试季快到了。夏尔盘算着时间，总觉得日子过得飞快，期中考明明好像刚过去没多久，这就又要考试了。

不过，自从沈一凡将她从物理垫底的困境中解救出来，她对待考试的紧张感就轻了很多，其他功课只要按部就班复习，考试应该是没问题的。

周五晚上，方圆圆四仰八叉地躺在床上，一边打手游，一边和夏尔商量："尔尔，圣诞打算怎么过呀？"

夏尔一边在电脑上翻看课程讲义，一边应道："这些节日我往年也不怎么过，暂时还没打算。你呢，有什么安排吗？"

方圆圆突然哀号一声，夏尔吓了一跳，还以为怎么了，探头一看，原来是她操作的英雄又被对方秒掉了。

方圆圆把手机扔到一边，翻了个身，专心和夏尔聊起来："唉，这年头，干什么不得有个男朋友，我们这些单身的，啥节日都过不出那味儿来。"

夏尔被她逗笑了："你那个相亲对象呢，不是说之前去跟你舅舅借作坊的时候又碰到了吗，就没擦出什么火花来？依我看，你俩其实挺有缘分的，每次都歪打正着。"

方圆圆赶紧呸呸呸："你可别乱点鸳鸯谱，这世界上就算只剩他一个雄性，我也要说，我，方圆圆，宁愿干涸到死，也绝对不会对他有什么想法！"

夏尔暗戳戳翻了个白眼，默默腹诽，这话要是放言情小说里，那绝对是爱情开始的宣言，她就等着看方圆圆是如何"言出必行"了。

话是这么说，但想到言佑，方圆圆心里不知怎么升腾起一种莫名的情绪，脑子里突然浮现出他对舅妈说想亲眼看舅妈穿婚纱照的场景。她默默撇撇嘴，关键时刻还有点人情味，让人讨厌也讨厌不起来，什么人嘛……

正闲聊，夏尔手机突然响了，是沈一凡打来的。她心头微动，捞起手机到阳台去接。

沈一凡声音懒洋洋的："夏尔教练。"

听见他的声音，夏尔嘴角忍不住向上扬起："沈老师好，什么事呀？"

沈一凡笑了："想问问夏尔教练圣诞节晚上有没有空，有件小事想请夏尔教练帮个忙。"

夏尔想了想："那天好像是周三吧，正好我周三晚上没课，什么事，你说。"

沈一凡似乎有些犹豫："按道理讲，之前拍宣传照的时候刚麻烦过你，这个……"

夏尔笑着打断："得得得，沈老师，别跟我假客气了，什么事直说吧。"

沈一凡被她逗笑了："该客气还得客气一下不是。"他说起正事，"是这样，年货节之后，工作室的品牌开始慢慢站住脚了，圣诞节有个面向西市年轻企业家的酒会，我收到了邀请函。"

他顿了顿，继续道："你知道的吧，这种酒会'危机四伏'，我一个人去总有些发怵，不知道夏尔教练愿不愿意和我一起出席？"

夏尔有些发蒙："危机四伏？这种酒会我倒是没参加过，不过听起来好像还挺体面的，难不成大家喝着酒还能打起来？"

沈一凡似乎有些为难："也不是指这种危机。"他想了想措辞，"就是……酒会上肯定有很多年轻靓丽的名媛啊贵妇啊什么的，你看我这个条件、这个样貌，是不是想想就觉得挺危险的？你之前不是说，男孩子在外面也要注意保护自己吗？"

他这么一说，夏尔秒懂。几乎没有任何犹豫，她立刻点头："我跟你去！"

话说完，她又觉得好像太激动了，于是，她平复了一下情绪，解释一般道："我仔细想了想，觉得你说得真的是非常有道理，确实太危险了，作为'互帮互助'的伙伴，在我们结束这段愉快的合作之前，我的确有义务对你进行任何形式的保护，这种事千万别跟我客气！"

听着夏尔一本正经地胡说八道，沈一凡握拳放到嘴边轻轻咳了一声，强忍着没笑出来。他稳住语气："好，那先这样，酒会之前我把定制的礼服给你送过去，到时候见，夏尔教练。"

挂了电话，夏尔再次思索了一下沈一凡说的话，越发觉得太有道理了，他长得又好看，笑起来又一副人畜无害的样子，简直像只待宰的"小绵羊"，把他放到青春靓女中间，那简直是太危险了！还好他比较有觉悟，知道向她求助，既然如此，她可一定要好好保护他，挡住每一朵烂桃花，来一朵砍一朵，绝不手软！

另一边，挂断电话后，沈一凡嘴角的笑意还来不及散尽，就听到身后传来欠扁的声音："哎哟，我们男孩子在外面也是要好好保护自己的！"

沈一凡的脸瞬间冷下去。

他转过身，凉凉地扫言佑一眼："你进来不知道敲门？"

言佑一副你奈我何的表情："老大，看不出来啊，你平时对我这么凶，忽悠起人来一点不含糊，我真不明白你哪儿危险了，整天冷着一张脸，一副生人勿近的鬼样子，哪个名媛贵妇敢靠近你，我现在看你就像个披着羊皮的狼，你说小夏同学她怎么就这么天真呢？"

沈一凡慢悠悠坐下来，淡淡道："怎么，你嫉妒？"

言佑撇撇嘴："我可没您那福分。"他挑挑眉，"这么骗她，心里就不会不舒服？"

沈一凡十分坦然："我想让她和我的人生轨迹产生一些交集，只

169

好出此下策。在某些方面，我可能确实有所隐瞒，但喜欢她这一点千真万确。至于其他，以后赔罪就是。"

言佑被他说得一愣一愣的，这么听起来，似乎还真不能用"老奸巨猾"来形容他，而且还得冠以"一往情深"的美名了。他忍不住竖起大拇指："老大果然是老大，一套一套的，小弟佩服！"

说话间，一个文件夹劈头盖脸飞过来，他堪堪避开。他又露出那种一脸幽怨的表情："老大，你偶尔对我出点下策我也是可以接受的，怎么在妹子面前就是小绵羊，在我面前就是山大王呢！"话刚说完，正好对上沈一凡要杀人的眼睛，在下一个文件夹飞来之前，他赶紧脚底抹油，溜了。

沈一凡接夏尔去酒会的时候，天上很合时宜地下了点小雪，给这座城市增添了圣诞的气氛。他下车靠着车身上等，大老远就看到裹着一身厚厚的黑色长款羽绒服的夏尔。看到他，夏尔加快了脚步，像一只小黑熊朝他晃过来。

她在他面前站定："怎么不在车里等，下雪怪冷的。"

沈一凡绅士地给她开车门，手臂撑在车顶防止她碰到头，笑道："没事，正好看看风景。"

车上的暖气一直开着，坐进去夏尔觉得整个人都暖和了。她搓搓发红的鼻头："沈老师，不好意思，你连带礼服一起送来的那个黑色小貂皮好看是好看，但它遮不住腿啊，我光是想想就觉得好冷，所以临出门换了身羽绒服，你不会介意吧。"

"怎么会，是我请你来的嘛，夏尔教练想穿什么穿什么。"他心里暗笑，果然是夏尔教练，在她那儿，温度可比风度重要多了。

今天的沈一凡穿了身烟灰色的休闲西装，虽然是休闲款，但看着比平时郑重多了，这给他平添了几分禁欲的魅力，夏尔不禁多看了两眼。

沈一凡专心开车，声音带着笑意："好看吗？"

夏尔诚实答："好看。"

沈一凡打趣："平时没见你这么盯着我，今儿我有什么不一样？"

夏尔点了点头："还真挺不一样的。以前吧，你是那种懒洋洋的美感，今天呢，是那种冰山的美感，虽然都美，但感觉是不同的嘛。"她越发觉得，今天真是来对了，这样的沈一凡，指不定要招多少桃花呢。

沈一凡哈哈大笑："夏尔教练，我倒是经常听别人夸我帅，但夸我有美感的你还是第一个。果然夏尔教练的用词都这么独树一帜。"

夏尔干笑两声，没好意思说自己的词汇量确实比较有限。沈一凡又继续道："其实我也不喜欢穿西装，不过我本来就年轻，这种场合，不穿得正式点更压不住场，也是没办法。"

夏尔默默点点头，虽然生意上的事她不是很懂，但想来做什么都不容易，多得是无可奈何，她不禁对沈一凡又多了几分心疼。

　　酒会安排在市郊的一处私人别墅，一进门，十足的暖气涌上来，夏尔已经感觉到有些热了。她顺手脱下羽绒服，沈一凡接过来交给一旁的侍者。

　　这时候，他才第一次看到她穿礼服的样子——他给她挑的是一件烟灰色的一字肩缎面过膝裙，色彩低调有质感，没有过多冗杂的设计，简约大方，垂感很好，又不会让人感到束缚，适合她。最重要的是，这一款的烟灰色和他的西装色调相近，这一点深得他心。夏尔的长发没有束起来，就柔柔地披在肩膀一侧，结合她甜美的长相，如果她坐在那里不说话，任谁看都得给她安一些"温婉贤淑""大家闺秀"之类的形容词。

　　沈一凡由衷地称赞："今天的夏尔教练也有种不一样的美感呢。"

　　夏尔娇俏地抬起小手摆了两下："没有啦，还是沈老师更不一样点。"

　　两人正商业互捧，一个身穿白色公主裙、与沈一凡年龄相仿的女生一脸喜色地迎上来："哎呀一凡，怎么现在才来，我总跟我哥提起你，提得他耳朵都起茧子了，一直想见你呢。"说着，她就上前挽上沈一凡的手臂打算拉他走。

　　夏尔毫不掩饰地翻了一个大大的白眼，敢情她这么大个人杵在这

172

儿，这位白裙女士还能拿她当透明人？这眼神真是没谁了。

沈一凡眉头一皱，刚要摆脱白裙女生的手，夏尔却抢先一步捏住那女生的手腕，把对方的"魔爪"从沈一凡胳膊上拨开了。

夏尔没有用太大力气，不过白裙小姐显然没想到有人敢这么对她，一个失神，沈一凡的手臂已经落到夏尔手里了。

夏尔挤出一个大大的"笑容"："这位小姐，你好，我叫夏尔，是沈一凡的朋友。"

白裙小姐樱桃小嘴微微张开，看了看夏尔，再看看沈一凡，发现沈一凡完全没有向着她的意思，他正唇畔带笑地看着夏尔，别提那个纵容了。

白裙小姐咬碎一口银牙。她哪能看不到站在沈一凡身边跟他穿得像情侣装似的夏尔，但她以为她直接拉走沈一凡夏尔也不会好意思多说什么，谁能想到这个看上去乖顺的女生不是个善茬呢？

眼看沈一凡也没有说两句的打算，白裙小姐只好自己出来打圆场。她露出一个"热情"的笑："哎呀，瞧我这眼神，没看到你带了朋友过来。你好，我叫白雪，是一凡的高中同学。"

本来夏尔是想假笑着硌硬白雪，但看到人家笑得比她更假，她就没了做戏的兴致，不咸不淡地来了句："哦，你是眼神不太好。"来之前她还以为沈一凡说的有夸张的成分，如今一看，这还了得，二话没说就上手了！危险，着实危险！

白雪面上挂不住，讪笑两声，也不拿乔了，对沈一凡道："我哥他们想和你聊一聊，都是刚开始创业，应该有很多共同话题，你愿意过去吗？"

沈一凡终于点头："当然，我来就是和各位前辈取取经，交流一下经验的。"

白雪脸上又露出笑意，她看了看夏尔，有些为难道："那边都是行内人，夏尔小姐你看……"

夏尔还没说话，沈一凡便开口了："不妨，她跟我一起。"

白雪嘴角几不可察地抽了一下，但脸上笑意不减："好，那一起吧。"说完，她又扫了夏尔一眼，便走前面带路了。

夏尔冲白雪的背影撇撇嘴："还能再假一点吗……"她扭头看沈一凡，才发现她刚刚一直挽着人家手臂呢！

她触电般地从他臂弯里抽回手后退一步："那个，沈老师，你别误会，我绝对没有占你便宜的意思。"

沈一凡轻笑出声："好，不误会。"他顿了顿，歪头道，"不过夏尔教练的话，占点便宜就占点便宜吧，也不是大事，无妨的。"

夏尔干咳两声，一时不知接什么话好了。

片刻，她适时调转话头："那个……其实你们交流生意上的事我不是很感兴趣，要不你先去吧，我找个地儿等你，怎么样？"

沈一凡点头："也好，你想吃点什么东西自己拿，别委屈自己。"

夏尔露出一个大大的笑容："沈老师放心，我怎么会委屈自己。倒是你，不能老纵着别人占你便宜！"

沈一凡深以为然："明白，我一定好好保护自己。"说完，他便笑着离开了。

夏尔目光顺着他看过去，发现那个白雪虽然还和他站一块儿，但明显没有再拉拉扯扯了。她放心了些，自顾地找了个地儿喝果汁，正喝着，视线所及之处突然瞥到一抹熟悉的身影。她惊讶地张大嘴巴，整个人都像是要石化。

竟然是他——梁沉！

她慢慢朝那个方向走过去，眼前的人渐渐和五年前那个在巷口帮过她的大哥哥的脸重叠起来。果然是他，没想到机缘巧合，她竟然在这里见到他了！

彼时梁沉正在和别人交谈，比起当年夏尔刚刚见到他的时候，他眼角多了些细细的纹路，但这丝毫没有让他看上去显得老气，反而给他添了成熟男人的魅力，看着更加稳重。

不多时，他终于感受到夏尔的注视，朝她的方向看过来。

她偷看被发现也不闪躲，仍然愣愣地看着他。半晌，她才后知后觉地冲他笑了笑，算是致意。

梁沉觉得这小姑娘挺有意思，于是和朋友打了招呼，慢慢朝夏尔走过来。他在夏尔面前站定，温润地笑道："小姑娘，你一直看我，

175

是有什么事吗？"

夏尔吞了一口口水，虽然她一直想再见到他当面向他表示感谢，但在这种场合猝不及防地见到，一时间她有些不知道怎么开场了。她磨磨蹭蹭地欲言又止。

梁沉也不急，耐心地等她下文。终于，在梁沉鼓励的目光下，她问道："你不记得我了吗？"

梁沉怔了怔，打量着夏尔的脸，陷入短暂的回忆。片刻，他恍然："我好像有印象，你是那个小姑娘，白石巷口，是吗？"

夏尔眼睛突然亮起来，惊喜道："你还记得？"

梁沉的笑变得开朗起来，明显比刚刚礼貌性的笑容更有温度："原来是你，小姑娘都长这么大了。"

夏尔咧开嘴，坦然道："真没想到能在这里见到你，我一直想着再见到你一定要当面表示感谢的，当年傻傻的，连个联系方式都没留下。"

梁沉摸摸鼻子："当时只是举手之劳，没想到你会记这么久。"

夏尔一板一眼地解释："对你来说是举手之劳，对我来说很重要的嘛。我当时不像现在这么胆大，也没有现在这么能打，全凭一腔热血见义勇为，你帮我的时候是我第一次去帮助别人，没有你的话我可能就翻车了，真的很感谢你当年带给我的勇气。"

她讲话的时候眼睛像含着一汪清泉，梁沉能从她眼底看到那份坦诚和单纯。他觉得有些不可思议，但他阅人无数，自然看得出小姑娘不是在跟他客气，是真的记着他呢。

他半开玩笑地调侃道："想起来还挺奇妙的，当时只是顺手帮了个小忙，没想到小姑娘还记得我，而且一直想感谢我，这种被人当作英雄的感觉，好像还蛮不错。"

他说话风趣幽默，夏尔慢慢没有刚见到他那么无措了。她鼓鼓腮帮子："我记得当年你就叫我小姑娘，我现在长大了好不好。"

梁沉大笑着弯起食指刮了刮夏尔的鼻子："我大你不少，在我眼里，你只能做'小姑娘'。"他抬腕看了看表，"你和朋友一起来的吗？"

夏尔朝沈一凡的方向看了看，发现他已经不在刚刚的位置了。她有些疑惑："我和朋友一起来的，他刚刚还在，现在不知道去哪儿了。"

梁沉想了想："隔壁会客厅今天有不同公司的商品展示会，你朋友可能在那里。现在时间还早，要不你和你朋友说一下，我们到楼上喝杯茶，楼上比下面安静，正好聊聊天，这次碰到也是缘分。"

夏尔其实心里是有些担心沈一凡的，怕他又被那些花花草草缠住，但她又突然想到，她还有东西要还给梁沉。

斟酌片刻，她给沈一凡发了条微信："沈老师，我偶然碰到一个熟人，到楼上和他聊一聊，等一下你找不到我不要着急，走的时候你告诉我，我就下来。"

然后，她到侍者那里取了羽绒服，和梁沉一起上楼去了。

刚从会客厅出来的沈一凡正好看到夏尔和梁沉上楼的背影，他总觉得那个男人的背影有些熟悉，好像在哪里见过。白雪阴阳怪气的声音适时响起："嘿，那不是跟你一起来的朋友吗？动作还挺快，刚离开你没一会儿，连梁氏集团的大公子都勾搭上了。"

沈一凡的身体一下子僵住了。他挑眉："你说那人是谁？"

"梁氏的大公子梁沉啊。前不久刚从国外回来，听说办酒会的叶家公子好不容易把他请来的。"

刚才收到夏尔的消息，沈一凡还疑惑，她碰到的熟人是谁，原来竟是梁沉。是了，他之前就在她的钱夹里看到过梁沉的照片，当然是熟人。

他眼神渐渐冷下来，梁沉回国，他这个做弟弟的竟然毫不知情，要在这种场合以这样的方式才能知道。

一时间，沈一凡心里涌上一种莫名的失落感，见到梁沉，夏尔就这样轻易地把他抛在这里了。

他面无表情地走到不远处的圆桌上取了杯酒一饮而尽。白雪吃了一惊，过来拦他："刚刚不是说最近胃不好不能喝酒吗？"

沈一凡拨开她的手，也不说话，又拿起一杯酒，再次一饮而尽。

白雪哪还能不明白他是因为看到夏尔和别人离开才突然这样，恨恨地说了句："这女生真是不知廉耻，你对她这么好，她还吃着碗里的看着锅里的，依我看，你比那个梁沉好多了。"

沈一凡突然看向她，眼神冷得像把刀子一样，仿佛要刺穿她："你说她什么，再说一遍！"

在他的注视下，白雪忍不住打了个冷战，她赶紧解释："我不是这个意思，我是说……"

她还没说完话，沈一凡便拔腿离开了。

白雪愣愣地看着他的背影，过了很久，才恨恨地咬了咬后槽牙，她从来没见过沈一凡对哪个女生这么上心，这个夏尔到底有什么魔力？

梁沉带夏尔在二楼落地窗边的小几边坐下，顺边招呼侍从送了一壶茶过来。

梁沉和夏尔聊了聊自己现在的工作，也顺带聊了聊她学业上的事。

梁沉倒茶的间隙，夏尔眼疾手快地从羽绒服中把自己的钱夹拿出来，然后从里边取出那张存了很久的照片。

梁沉把茶递给她的时候，她很郑重地把那张照片放到桌上推给梁沉："这个终于可以还给你了。"

梁沉拿起那张照片，神色渐渐变得讶异起来："这是……我有一次参加活动的照片，很久以前的了。"

夏尔点点头："当时你帮了我，我一直想着再碰到你当面感谢你，不过再也没碰到过，后来在新闻报上看到你的活动照片，就一直留着，怕忘了你长什么样子。"

梁沉皱皱鼻子，格外惊讶于夏尔对这件事的重视。他想了想："我确实没想到你对那件事印象那么深。"他顿了顿，"不过你看过这次活动的报道，应该就知道我是谁了，你可以去找我呀。"

夏尔理所当然道："那时候觉得去找你很唐突，你是商业帝国的大公子，又不是普通人。突然有莫名其妙的人莫名其妙地跑过去跟你说要感谢你，你肯定觉得这人好怪，我只是想对你说谢谢，又不想把事情弄得很复杂。"

听她说话，梁沉觉得心尖莫名跳了一下，仿佛透过眼前的夏尔看到了五年前那个打架打得灰头土脸但眼里却有光的小女孩。他承认，在楼下见到夏尔的时候，他有那么一瞬怀疑过她对他是别有用心，但看着她眼底的那份澄澈，他什么疑虑都打消了。

他想，这一定是个很不一样的女生。

两个人大概聊了四十多分钟。看夏尔一直有意无意地看手机，梁沉贴心问："是担心你朋友吗？"

"嗯，有一点，他一直没回我消息，我怕他找不到我。"

梁沉点点头："好，那我们现在下去吧。"

下楼之后，夏尔四处找沈一凡都没找到，发消息也没人回。她正要给他打电话，突然一个侍者走过来："请问您是夏尔小姐吗？"

夏尔点头："我是。"

侍者礼貌道："哦，是这样的，和您一起来的先生让我转告您，他突然有急事要先走一步，让您不用等他了。"

夏尔"哦"了一声，倒没多想，只是有些担心沈一凡，如果是特别棘手的事，他能解决吗？

梁沉心里暗想，看来她这个朋友不太靠谱，把女伴丢在酒会上就自己离开了。不过他也不好跟夏尔说这些，温声道："时间差不多了，正好我也要走，顺道送你回学校吧。"

夏尔摆摆手："不用，太麻烦你了，我自己叫个车就好。"

梁沉笑道："不麻烦，这里是市郊，叫车也不方便，一起走吧。"夏尔想想也有道理，就没再矫情，把羽绒服穿上和梁沉一起出门了。

沈一凡坐在自己车里单手按着胃部，脸上苍白得没有一点血色。他眼看着夏尔和梁沉一起出门，然后上了对方的车。他自嘲一笑，梁沉是多绅士的一个人，他还在担心对方会不会把她安然送回学校，真是多虑了。

看着梁沉的车慢慢远去，他忍着胃痛摸出手机打了个电话给言佑："有空吗？"

"我有些喝多了，方便过来接我一下吗？"

"地址是……"

181

梁沉把夏尔送回学校，然后和她交换了联系方式。本来他想和夏尔约着下次一起吃个饭，但夏尔心里一直想着沈一凡，有些心不在焉，草草和梁沉告别离开了。她回宿舍后又给沈一凡打了个电话，但他的手机是关机的，过了一小时拨过去，还是关机，一直到晚上十二点多她都没联系到他。

因为担心沈一凡，夏尔这一夜睡得格外不安稳。第二天早晨，电话倒是打通了，但对方也没接。

她以为沈一凡在忙，想着一会儿再联系，没想到他很快回了条消息过来："很忙，没什么要紧事不要打过来了。"

夏尔像是突然被浇了一盆凉水，整个人都蒙了。印象里，沈一凡好像从来没有用这样的语气跟她讲过话，即使只是发微信消息。他这是怎么了？

连续几天，夏尔都心不在焉的，方圆圆明显发现她最近话变少了，而且经常情绪恹恹，做什么都提不起兴趣。

方圆圆隐约猜到这和沈一凡有关系，但是夏尔不主动跟她讲，她也不好开口问。

大概过了一周，方圆圆实在受不了宿舍的低气压，也实在不愿意看夏尔继续这样下去了，于是她百般不情愿地把言佑的微信好友加了回来。

因为她是单方面删好友，言佑没有删她，所以好友很快就添加成功了。

她直入主题："最近夏尔情绪很差，做什么都提不起兴趣，也很久没有听她提起沈一凡了。他们俩之间是不是发生什么事了？"

她本来以为她删人家好友，现在再加回来，以言佑的性格肯定要挤对两句，不过这次他竟然难得善良，很快回道："老大前阵子犯急性胃炎，后来又连带着引起重感冒，都告假好几天了，一直在家养着呢，前阵工作太拼了，饮食都不太规律，本来胃里就不太舒服，去参加酒会的时候又多喝了几杯，一下子撑不住了。怎么，小夏同学不知道吗？"

听他这么说，方圆圆心里就有谱了："行，我知道了，那先这样。"

言佑："好歹我给你提供了有用的消息，连句谢谢都不说吗，方大小姐？我听我妈说方小姐乖巧、可爱、懂礼貌，看来都是谣传。"

方圆圆翻了个白眼，没再回复，直接过河拆桥地再次把他的好友删除了。

言佑等了好久没回复，也懒得再逗她，他突然想起什么，又发了条消息过去："对了，小夏同学要去探病的话你让她明天再去吧，今天上午我去看他的时候他一个女同学也在，现在应该还没走，别引起什么误会。"

183

消息发出，言佑很悲摧地见证了历史的重演："您当前不是对方好友，请添加好友再尝试发送消息。"

他忍不住骂了一句脏话，这个臭丫头，有一有二还想有三吗？他飞快点开详细信息，想学着方圆圆删好友，但点那个选项之前，他又犹豫了。他顿了很久，恨恨地把手机扔到床上去。

算了，男人嘛，干吗和一个小姑娘这么较真！

下午下了最后一节课，夏尔慢吞吞地收拾桌上的课本，方圆圆犹豫再三，还是下定决心告诉她："我听言佑说沈一凡病了，急性胃炎，病得好像挺重，卧病在家好几天了。"

夏尔原本平静无波的眼神瞬间激动起来："急性胃炎？"

方圆圆拍拍她的手："你先别着急，听说他最近工作太拼了，可能饮食不规律，把胃给折腾坏了，而且酒会那天又喝了酒……"

夏尔连方圆圆的话都没听完，就着急忙慌背着书包出门了，原来他那天酒会突然离开是因为犯了胃病！

夏尔打车到沈家别墅外的时候太阳已经落山了，别墅里的灯都亮了起来，她探头朝落地窗里看，一个人影都看不到。想来也是，这么大的别墅只住了沈一凡母子俩，平时连家政阿姨都没请，是挺冷清的。

正要敲门，头顶突然传来窗户打开的声音，沈艾从里面探出头来，看到夏尔似乎十分惊喜。她招招手："是尔尔呀，怎么在外面待着，快上来，好一阵子没见到你了。"

沈艾很快下来给夏尔开门把她迎进去，挽着她的胳膊让她在沙发坐下，一边给她倒茶一边说："我一直想让一凡去接你过来玩，不过他最近病了，一直不见好，正好你过来了，去跟他说说话，没准他一开心就好得快一点。"

夏尔心里闷闷的，看来沈一凡病得确实有点重。作为朋友，他病得这么重她居然毫不知情，真是想想就有些汗颜。她抱歉道："不好意思，阿姨，我也是今天才知道他生病了，早知道他病得这么重，我应该早点来探望的。"

沈艾摆摆手："他那孩子我知道，要强，之前胃就有点小毛病，也没跟我讲。我也是这次他病严重了才知道，哪能怪你。"

夏尔担心沈一凡心切："阿姨，那我先上去看看他。"

"好，你先上去，阿姨刚炖了鸡汤，我现在去盛，一会儿你也喝一碗。他同学现在也在楼上，照看他一下午了，也挺辛苦的，你帮阿姨照顾着点。"

沈艾的话让夏尔十分感动，显然沈阿姨没把她当外人。

她飞快地奔上楼梯，上次过来拍片子时沈一凡带她去房间参观过，所以她直奔他的房间。本来想着要陪他说说话让他宽心，没想到，人家早就有让他宽心的人了——

185

沈一凡房间的门没关，所以夏尔刚走到他的房门口就看到了戳心的一幕——沈一凡正靠着抱枕半坐着，微眯着眼，看上去无精打采，而他的身边，坐着一个穿小羊羔外套的女生，现在女生正用牙签插了一小块芝士小心翼翼喂到沈一凡的嘴边去，沈一凡微张开嘴把芝士吃掉，一点都不抗拒，像是早就习惯了这样温柔、体贴的投喂。

看他吃下去，女生娇美的脸上明显浮出笑意，又叉起一块芝士递过去："多吃点，这芝士特别甜，一会儿吃药就不觉得苦了。"

夏尔看着这一幕，咬碎一口银牙，这不就是那天酒会上对沈一凡"动手动脚"的那个白雪吗？难怪他说很忙，让她没事别联系，瞧这情况，他可不是顾不上她吗！她下意识地捶了一下墙壁，然后头也不回地朝楼下跑去。

夏尔一时愤怒没控制好力道，捶墙这一下捶得很重，沈一凡和白雪同时看向门边，但夏尔早就已经走了。不过很快沈艾的声音就从门外传来："去哪儿呀尔尔，这鸡汤还没喝呢？"

沈一凡闻声一把掀开身上的被子下床要追出去，白雪把他拦下来："你还病着呢，不能下床。"

沈一凡没理会，甚至目光都没落在白雪身上，他直接推开她的手不管不顾地冲出去。

沈艾急匆匆进门放下鸡汤问白雪："这是怎么了？"

白雪也不知所以："刚刚我喂他吃芝士，他听到您的声音，就突然冲出去了，也不知道是怎么了。"

沈艾想了想，稍微放心了些："没事，女朋友来了，可能有点误会，他去追女朋友了。"

听到"女朋友"三个字，白雪脸色变了变，女朋友？谁是他女朋友？她怎么不知道？

沈艾给白雪盛了碗鸡汤："来，你也尝尝阿姨的手艺。"

自从听到"女朋友"三个字，白雪就心不在焉了，眼神一直朝窗外飘忽，哪里还有心情喝什么鸡汤。她搪塞道："阿姨，现在也不早了，我就先回了，等我有空再来看他。"说完便提着包快步出门了。

第九章
那你现在就来对我不客气

"我生病了，你欺负我。"

Baigei Duini
De Xindong

夏尔憋着一股气，走路的速度越发快。她一边走，那个女生喂沈一凡吃芝士的画面一边在她脑子里回荡。虽然她一直告诉自己她现在和沈一凡就是朋友关系，人家有个红颜知己什么的她也没什么立场生气，但她就是莫名窝火！

她鼓着腮帮子一边踢路边的树，一边掏出手机打车，但这边平时很少有出租车来，进出都是自己开车，所以没有人立刻接单。

很快，她身后传来很轻但很急促的脚步声，她回头，看到是沈一凡，他没穿鞋袜，整个人看着十分虚弱。有那么一刻，她起了恻隐之心，但一想到刚刚那个"郎情妾意"的画面，她就觉得难以忍受。

于是，她硬起心肠转身朝更远的方向走去，但没走两步就觉得手腕一紧。她惊怒回头，用力想甩掉沈一凡，但他的手就像铜浇铁铸一样分毫不动。她狠狠盯着他："你放手！"

沈一凡脸色惨白，神情却冷峻："你当我是什么，你想来看就看一眼，不想看就直接走？"

夏尔受不了沈一凡这种反客为主的态度，气愤之下口不择言："对，我就是不想看，就是要走，你管我？"

沈一凡被她的话刺激到了，发了狠道："今天我就是不让你走。"说着，他抓着夏尔的手腕把她按在树干上不能动弹。

夏尔自打出生以来还从没被人这样对待过，她下意识就要反抗，但一抬头却对上沈一凡情愫涌动的眼睛。

夏尔怔住了，他这是什么眼神？是受伤吗？还是难过？奇怪了，明明是他的不对，他竟然还委屈上了！

一气之下，夏尔放狠话道："你再不放手，我就对你不客气！"

她本以为沈一凡会忌惮她的武力值，没想到沈一凡却轻笑出声，他凉凉道："好，那你现在就来对我不客气。"

夏尔瞪着沈一凡愣了一下，这是什么招数？

她咬咬下唇，心里默默想：这可是你逼我的。

谁知道，她刚要动手，突然感觉后脑一紧，下一刻，她的唇便被滚烫的唇瓣包裹了。她的大脑一下子变得空白一片，手上跟着一软，挣脱的动作都慢了一拍。她这是……被强吻了？

夏尔曾经幻想过不少次她的初吻会是什么样的，会不会像偶像剧里演得一样在一片樱花盛开的地方，粉红色的花瓣在微风中袅袅落下来，她爱的王子温柔地揽着她的腰，先是亲吻她的额头，然后是鼻尖，再一路向下吻她柔软的唇瓣……但她从来没想过，她的初吻会发生在这样一个月黑风高的夜晚，一个刚刚被别的女生喂过芝士的、让她生气的男生强行把她抵在树干上，把她的后背磨得生疼，然后他粗暴地简单直入地强吻她，像是在宣示主权，让她没有一点准备。

夏尔气得发疯，她用力捶沈一凡的胸口，捶了大概五秒钟，他终于松开她的唇，手却仍然紧紧拉着她的手腕，让她在这样羞怒的境地里连转身逃走都做不到。

夏尔只觉得气血直冲脑门，下意识抬手就给了沈一凡一巴掌。她发誓她是想用十成力气打的，但手挥出去的时候却像棉花一样软绵绵的使不上力，以至于沈一凡连眼睛都没眨，就那样直勾勾地看着她。

夏尔觉得脸烫得紧，正不知所措，耳边突然传来沈一凡带着几分委屈的声音："我生病了，你欺负我。"

夏尔气极，虽然她很能打，但从来不欺负别人，她下意识地辩驳："谁欺负你！明明是你抓着我不放手！"

沈一凡对她的话置若罔闻，反而顺势提着她的手摸向自己的额头，声音更加委屈："你看，我生病了，病得很重。"

他的额头确实很烫，夏尔吓了一跳，语气软了几分，声音里带着自己都没意识到的醋意："你生病了就赶紧回去躺着，不是有人在照顾你吗？"

191

沈一凡摇摇头，似在撒娇："我不要她照顾，我要你照顾。"

刚刚还强势非常的沈一凡突然就变得柔弱起来，夏尔多少有些不适应，但不得不说，现在的沈一凡比刚刚顺眼多了，甚至还让她有些心软。她又试着挣了一下，沈一凡仍然握得很紧，挣不开。刚刚她还没有意识到，原来他的手也这么烫了。

最后，还是她对沈一凡的担心占了上风，她咬牙道："你先回去，地上这么凉，鞋子也不穿，一会儿病得更严重了。"

沈一凡乖巧地点点头："你跟我一起我就回去。"

夏尔无奈："那你先松开我。"

沈一凡摇头："松开你跑了怎么办。"说完，他便自顾地拉着夏尔的手腕往别墅走去。

早就下楼的白雪把一切都看在眼里，咬碎一口银牙。她从高一开始喜欢沈一凡，但他丝毫没有交女朋友的心思，所以她一直把自己的心意埋在心底，只用朋友的身份接近他。这么多年来，她可以说是沈一凡为数不多的异性朋友，她也一直以此为骄傲，觉得总有一天她可以打动沈一凡，等到他想谈恋爱的时候自然就会想到她了，却没想到，在她还没意识到的情况下，沈一凡身边已经有别的女孩了。看他瞧那个女孩的眼神，再加上那天在酒会上对她的维护，分明是喜欢至极。

她怔怔地看着沈一凡和夏尔的背影，眼神充满不甘，她到底差在了哪里？

十分钟后，沈一凡舒服地躺在床上，任由夏尔端着鸡汤一勺一勺地喂他。

直到现在，夏尔都有些蒙，她刚刚明明气得要死，恨不得把沈一凡暴揍一顿，现在怎么会这么温柔地喂他喝汤，而且还生怕他噎到？夏尔想来想去，她一定是被沈一凡的苦肉计迷惑了！

思路顺畅起来，夏尔对沈一凡的种种不满又渐渐清晰起来。她放下汤匙，又起身把鸡汤放到一边的小几上，尽量很严肃道："沈一凡，我们谈谈。"

沈一凡很配合地将身子支起来些，但气色明显还是很差。他咳了两声："好，你说，我听着。"

看他这副艰难的模样，夏尔好不容易提起来的气势又泄了。她重新坐回椅子，语气软了些："你现在生着病我不该和你进行太深入的交流。"

沈一凡点点头，双手探到脑后支着脑袋好整以暇地等她的下文。

夏尔组织了一下语言，继续道："但是，首先，我觉得，你之前突然就不理人的行为是非常不对的。"说完，她意识到这样说可能太过暧昧，于是又补充了一句，"我的意思是，即使是普通朋友，也不能无缘无故就晾着人家，你说对吗？"

沈一凡被她的特意补充逗笑了，他声音里带着一半宠溺一半无

193

奈："夏尔教练说得对。"

他生病的时候声音略微沙哑，让夏尔觉得莫名性感。而且他刚刚这句话，怎么听着有些暧昧呢？

夏尔甩甩脑袋，努力不被沈一凡诱惑。她清了清嗓子继续道："那你说，为什么突然不理我？"

沈一凡抿唇想了片刻："那天突然犯胃病，怕你担心，所以一个人离开了。后来胃病一直没好，所以才一直没有联系你。"他歪头，"夏尔教练还有别的问题吗？"

夏尔点点头："有。"

"好，你说。"

夏尔撇撇嘴："那个白雪跟你到底什么关系？"

沈一凡哈哈大笑起来："这是你刚刚跑开的原因？"

夏尔才不愿意承认自己这么小心眼："才不是。"

她生气地瞪着沈一凡，沈一凡举手投降："就普通朋友的关系。"

夏尔不信："就这么简单？"

沈一凡点点头："不然呢？"

夏尔有些扭捏："普通朋友干吗喂你吃芝士，都没有同学喂我吃过芝士。"

沈一凡看着夏尔的小表情，觉得莫名可爱。他逗她："所以夏尔教练是吃醋了？"

夏尔轻哼一声，别过头去不看他。

沈一凡无奈，继续解释："确实只是朋友，她来看我，我总不能赶她走。至于芝士，本来她要喂我我是拒绝的，"他顿了顿，目光落在夏尔身上，"但是听到你和我妈在楼下说话，知道你来了，我就改变主意了。"

夏尔疑惑："为什么？"

沈一凡理直气壮："就想看看你会不会生气。"

夏尔没想到沈一凡是故意想气她，又好气又好笑："你是有什么问题？"

沈一凡眼神带着幽怨："难道就只能你让我吃醋？"

夏尔听得一头雾水，印象里她好像并没有和哪个男生有过多接触呀，何来吃醋之说？

果然，他这边气着，她根本什么都没意识道。他抿抿唇："你钱夹里那张照片上的男生，我认识，我知道你在酒会上碰到他了。"

夏尔有些惊讶："你认识？"

沈一凡乜斜她一眼："这个是重点吗？"

夏尔不解："那什么是重点？"

沈一凡揉揉太阳穴："重点是夏尔教练居然把一个男生的照片放在钱夹这么私密的地方。"

夏尔的脑回路转了好几个弯才理解到沈一凡的意思，她有些无奈：

195

"要是我的记忆没错，那个人应该是个'男人'，不是个'男生'吧。"

沈一凡不依不饶："有区别吗？"

夏尔辩驳："当然有区别，比如说你那个白雪，和你是同龄人，是非常有可能发展成亲密关系的。但是，我钱夹里那个男人，我是说梁沉，至少比我大十岁，我遇见他的时候他就已经比你现在还大了，没有任何可能会发展成亲密关系的可能，所以，你的论点是不成立的。"

她说得头头是道，本以为这回沈一凡总没话说了，没想到沈一凡在这件事上格外固执："如果是别的男人，那就算了，但是他不行。"

"他为什么不行？"夏尔想起什么，"对了，你刚刚说你认识他，你怎么认识的？"

沈一凡深吸一口气，语气里带着某种抗拒："他是我大哥。"

夏尔被他说的话惊到了，好半天没反应过来。她之前是听沈一凡说过，他的妈妈是他爸的第三任妻子，所以他有很多同父异母的兄弟姐妹，而他对于这些兄弟姐妹十分不感冒，交往很少，甚至到了相互忌惮和厌恶的程度。原来，梁沉竟然就是沈一凡同父异母的兄弟之一，难怪他看到她和梁沉在一起反应会这么大了。

夏尔分析了好久才得出一个结论："所以，你是说，梁沉是你同父异母的大哥，你的父亲是梁坤，那个在商界叱咤风云的梁坤？"

夏尔这下是真的有点蒙了。她有感而发："这世界是真的小呀。"

她慢慢回忆起她和梁沉相识的场景来："其实那天在酒会上只是

我和他的第二次见面。你知道，我家是开武馆的嘛，所以小时候我就特别爱打抱不平，看到不公平的事情，不管自己能不能解决，都想去管一管。我初一的时候，有天回家路过一条弄堂，有群小混混在勒索一个跟我差不多大的女生，我头脑一热就冲上去救那个女生，但是在那之前其实我一直在我爸妈和师兄们的保护下长大，没什么实战经验，打起来才发现那些小混混居然带了刀棍，我那时还小，被吓坏了，还好有个大哥哥及时出现，他的跆拳道特别厉害，三两下就把那群小混混打趴下了，然后他还贴心地把我和那个女生送回家才离开。那个大哥哥就是梁沉了，其实当时我没想起来问他名字的，甚至连谢谢都忘了说，还是后来在商报上看到他，才知道原来他叫梁沉。"

沈一凡当然知道梁沉的跆拳道很厉害，小时候梁坤请陈叔来做他们的老师。梁家的每个儿子都和陈叔学过跆拳道，梁沉更是其中的佼佼者。他双眼微眯："所以，当时你就对梁沉情愫暗生，是不是？"

夏尔摆摆手："当然没有。诚然他很帅，长得也挺年轻——这也是我没有叫他叔叔而是叫大哥哥的原因——但当时我还小嘛，还没有心动的概念，怎么会情愫暗生。"

沈一凡继续"逼问"："没有心动为什么还把人家的照片放到钱夹里？"

夏尔摊手："怎么说呢，那次是我第一次真刀真枪地跟别人动手，如果没有梁沉出现，我肯定会跟那个女生一起被暴揍一顿，这样的话，我可能之后就再也没有勇气去打抱不平了，所以我觉得他伸出援手相当于给了我很大的勇气。我一直想再见到他然后当面感谢他，不然总觉得欠他一次，把他照片放钱夹里就是怕忘了他长什么样。"说完，她又补了一句，"而且，那天在酒会上，我就把他的照片还给他了！"

沈一凡歪头："就这么简单？"

夏尔十分坦白："还能有多复杂？"

沈一凡想了好久，神色终于放松了些，也不再纠结这个话题。他比了个手势："那好。"

夏尔看他还是有些难以介怀的样子，忍不住翻了个白眼："现在我的问题是说完了，我还要说说你的问题呢。"

沈一凡被她一本正经的样子逗笑了："好，你说。"

夏尔小脸一板："刚刚在外面，你……"

话到嘴边，夏尔总觉得"强吻"这个词不够文雅，难以启齿，于是略掉这个词，直接道："你为什么那么对我！"

沈一凡秒懂她的意思，忍不住笑出来："是我不对。"

夏尔瞪他："瞧瞧，瞧瞧，你根本就没觉得不对！"

沈一凡又换上一副委屈的表情："是我不对这没有错，但当时你那么凶，一副要打我的样子，我只好出此下策……"看夏尔有变脸的趋势，他赶紧补上一句，"但终究还是我做得不对，我知道错了，真的。"

夏尔瞪大眼睛："明明是你自己说让我对你不客气的！"

看她又有生气的迹象，沈一凡默默抬手按住自己的胃部。

夏尔看他神色不对，刚提起来的气势又泄了："你怎么了，是不是又胃痛了？快躺下休息休息。"

"还好，也不是很痛，就是想再喝点鸡汤暖一暖。"

"啊？哦，好的好的。"

沈一凡一脸虚弱地喝着夏尔喂的鸡汤，心里已经在偷笑了。

不多时，一碗鸡汤已经见了底，沈一凡正想着怎么和夏尔就"强吻"的事情道歉，却见夏尔默默鼓了鼓腮帮子，小声道："那个……今天在外面的事我们就当没发生过好不好？"

沈一凡心里涌起淡淡的失落感，他以为夏尔是不喜欢他，才这么抵触他的吻，没想到，在他开口之前，夏尔默默接了一句："女孩子的初吻不都应该是温柔、浪漫的吗，哪有这个样子的……"

沈一凡忍不住被她的小声嘀咕给逗笑了，原来，她纠结的点是这个。他抬起手刮了刮她的鼻子，温声道："好，夏尔教练，就当没发生过。"他心里默默想，她喜欢温柔浪漫的初吻，他一定花足心思。

夏尔看了看沈一凡，几番欲言又止，表情格外不自然。沈一凡歪头笑："你想说什么就说什么，在我面前不用不好意思。"

夏尔抿抿唇："那个……虽然我们可以当作没发生过，但明明已经发生了，那我……我们……"她吞吞吐吐，说到一半怎么都说不下去了，小脸像个熟透的小番茄。

沈一凡瞬间明白了，心里暗道，果然他还是缺少一些感情方面的经验，没有足够体察女孩子敏感的心思。

他声音轻柔得像一片羽毛："夏尔教练，是我考虑不周，没有表达清楚。我的意思是，我一定一定，会以十二万分的真心和诚心来对你负责的，这样，你能明白吗？"

夏尔偏过头去极轻地咳了一声。沉默了片刻，她小声道："算了，你身体这么弱，还是我对你负责吧。"她舌尖下意识地舔了舔嘴角，似在回味刚刚那个并不怎么温柔的初吻，半晌憋出一句，"反正男女平等，细究起来，我也不算十分吃亏……"

沈一凡第一次听有人这么直白地说他"弱"，没忍住轻笑出声。他略微沙哑的声音带着宠溺："也好，那说好了，就相互负责到底吧。"

可能是爱情的力量，在夏尔去探望沈一凡之后，他的病很快见好，没多久就回工作室上班了。

夏尔的最后一门期末考试在一月月中结束，课业压力轻了许多，寒假在即。

一天晚上，方圆圆优哉游哉地打游戏，突然一个电话进来，她网一卡，技能放慢了，直接倒在原地。她恨恨地接起那个陌生号码，语气自然不善："谁啊？"

言佑把手机拉开耳边一段距离，心里默默想，这女人就从来没有温柔的时候吗？他闷闷道："我，言佑。"

听到这个名字，方圆圆的心莫名颤了一下。她干咳一声，语气虽然没好多少，嗓门倒是小了不少："什么大事非要打电话，发微信不行吗？"用脚趾想也知道，号码准是她的红娘妈妈告诉人家的。

言佑嗤笑一声："我倒是想发微信。"

方圆圆这才想起，她之前把言佑好友删掉了……

没等她再开口，言佑直入主题："沈一凡又倔上了，一个做老板的，搁那儿废寝忘食地赶工作，晚饭也不好好吃，这胃病刚有点好转就这么折腾，我是劝不动他了，你让小夏同学来把他弄走吧。"

方圆圆随口道："嘿，看不出来，你还挺关心他的。"

"那是，我们那可是……算了，跟你说这些你也不懂，总之你赶紧把话传到，挂了。"

方圆圆撇撇嘴，没想到这家伙还挺心细。她把言佑的话如实转告给夏尔，夏尔果然十分重视，立刻换了衣服就要出门。

方圆圆心神一转："尔尔，要不，我跟你一起去？"

"啊？"

方圆圆眨眨眼："你看，我们尔尔这么漂亮，这么柔弱，这大晚上的，万一遇到流氓怎么办？"

夏尔被方圆圆说蒙了，抬起手来摸了摸方圆圆的额头："方圆圆，你是发烧说胡话了吗？我柔弱？"

201

方圆圆摇摇她的胳膊："哎呀，你出门了少不得要给沈一凡买点吃的是不是，一个人提不了怎么办，多个人多分力气嘛。"

　　夏尔怎么看怎么觉得今天的方圆圆有些怪，她想了半天，终于想出个头绪："哦，我知道了！说，是不是想跟着我去看言佑？"

　　方圆圆拍她一下："瞧你说的，我看他干吗！哎呀，我就是想陪你嘛。"

　　夏尔一副"我懂"的表情："好嘛，一起就一起吧。不过说好了，一会儿帮我一起提吃的啊。"

　　"得嘞！"

　　去工作室之前，夏尔先去了一趟小北门的美食街，这时候正是美食街最繁华的时期，各家小吃店都开门了，食物的香气香飘十里，令人食指大动。

　　夏尔一样一样地细心挑选："这个红糖锅盔，甜得恰到好处，入口酥软不油腻，来十个吧，他吃独食也不太好，给大家都带点。"

　　"这家巧克力馅蛋烘糕，吃起来的感觉真的是幸福的味道，这个来二十个！"

　　"这家烤鱿鱼其实味道也很不错，不过他现在的胃不太适合吃油炸食品，这个下次吧。"

　　挑了五六种健康小吃之后，夏尔又挑了一家老字号的馆子点了份外带的鸡汤，这才心满意足。方圆圆默默跟着她一路走一路帮她分担食品袋子，心想一定是爱情的力量才让夏尔这样神经大条的人变得这么细心。

看夏尔这么细心地帮沈一凡和他的工作人员挑夜宵，方圆圆不知怎么突然想起言佑那张欠扁的脸。像他那种看起来很讲究的人，应该不会吃这些路边摊吧？

不知出于什么心思，她想了想，对夏尔道："尔尔，要不我们顺便去那家西餐厅买点喝的东西？"

夏尔疑惑："这边饮品店就可以买呀，怎么还去一趟西餐厅。"

方圆圆急中生智："啊……那个，我是有点想喝那家的玫瑰奶昔了，反正出都出来了，也不在乎多走这几步。"

夏尔不疑有他，欢欢喜喜地提着一大堆吃的跟她去西餐厅。

方圆圆先是点了十杯玫瑰奶昔，然后又点了一份红酒菲力牛排。夏尔十分不解："大晚上的，你要吃牛排？"

"没有啦，就是……想起这家牛排挺好吃，顺便点一份，一会儿看看工作室里有没有人喜欢吃。"

这下，夏尔终于察觉出不对了，用暧昧的眼神看着方圆圆："懂了！"

方圆圆有些心虚："你懂什么了？"

"我们圆圆是想着给某人开小灶呢吧！"

方圆圆下意识地反驳："才没有！"

夏尔举手妥协："好好好，没有就没有嘛。不过吧，就我跟言佑为数不多的几次相处来看，我觉得他这个人其实还蛮不错的。而且之前你妈妈愿意让你去和他相亲，肯定是看中了他的优点，你妈妈总不会害你，我觉得你要是真的对他有感觉，试一试也未尝不可。"

听她这么说，方圆圆陷入了短暂的思考。片刻，方圆圆犹豫道："跟你说实话啦，我最近也不知道是怎么了，明明之前很讨厌他的，但最近每次一想起他来，总觉得心里怪怪的，尤其是那次在我舅舅家碰到他之后。也说不上讨厌，反正就是……怪怪的。"

夏尔"扑哧"一下笑了："不讨厌就是喜欢。"

夏尔随口说的话像晴天霹雳一样砸在方圆圆的脑袋上。

如果是这样，那可真是给自己找罪受。她之前对言佑那么刻薄，要是现在真的莫名其妙喜欢上他了，他还不得狠狠给她欺负回来？她打了个冷战，不能够。

绝对不能够！

他们到工作室的时候已经晚上十点钟了，整个两层小楼灯火通明，从外面隐约可以看到里面来回忙碌的人影。

到的时候，夏尔给沈一凡打了个电话，沈一凡亲自下来接人。他没想到夏尔会过来，接过她手里的食物，轻声问："大晚上的，怎么还跑过来？”

夏尔看他脸色憔悴得很，一下子就心疼了："言佑说你又没好好吃饭，怕你又犯胃病，让我过来劝劝你呢。"

沈一凡笑了："他倒挺会找人。"

进门后，夏尔单独给沈一凡留了一份夜宵，然后把剩下的都给工作室的员工分了。

大家纷纷停下工作来吃夜宵，方圆圆四下打量，哪儿都不见言佑的影子，她尽量语气自然地问沈一凡："言佑不在吗？"

"刚刚西大设计协会的会长来找他，出去喝茶了。"工作室建立以来，沈一凡一直想组建一个过硬的设计师团队，他把这件事交给言佑，所以言佑一直在招募有实力的设计师。

听说他和女孩子出去了，方圆圆的热情一下子散了大半，把一直提在手里的那份牛排也随意丢在桌上。夏尔戳戳她的胳膊，轻声道："他应该只是去谈公事，马上就回来了。"

方圆圆扯出一个笑，装作无事的样子："没事啦，我又不是专门来找他的。你们先吃，我出去走走，我这人坐不住，等会儿要走的时候你叫我就好。"说完，她便一个人出门了。

沈一凡走到夏尔身边，看着方圆圆的背影，轻声问道："她喜欢言佑？"

夏尔想了想："八成。"她眨眨眼，"你怎么知道？"

沈一凡笑了："夜宵特意带一份牛排过来。我记得，好像言佑比较喜欢吃牛排吧。"

夏尔抿抿唇："沈老师还是睿智，什么都知道。"

沈一凡很是谦虚："就还好吧。"

夏尔没好气地白他一眼："少贫了，赶紧喝鸡汤，喝不完不许工作。"

沈一凡无奈："夏尔教练这架势，真是比我妈还厉害。"

"那你到底喝不喝？"

"喝。"

方圆圆出了工作室百无聊赖地在周围乱逛，这边是市区中的一处清净地，树植环绕，格外幽静。秋末夜里风有些凉，方圆圆一边走一边裹紧自己的小外套，一颗心比秋风还要凉。她狠狠踢了一下地上的小石子，心里叹一口气，唉，糟心啊，方圆圆！

她一直垂头往前走，走着走着突然前边的路出现一片阴影。她下意识抬头，言佑的脸猝不及防出现在她眼前。她目不转睛地瞪着他，一时间不知道该说些什么，他笑道："路都不看，不怕撞到？"

方圆圆有些傻眼："你……怎么在这里？"

言佑无奈："这话好像应该我问吧，我在这里工作啊。"

方圆圆脑子清醒了些："哦……哦，对。我跟尔尔一起来送夜宵的。"

话音刚落，一道女声从言佑身后传来："阿佑，是谁呀，不给我介绍介绍？"

方圆圆眼神后移，一个穿着优雅的漂亮女生慢悠悠走过来。

她身穿黑色深 V 薄款毛衣，下身一条白色的阔腿裤，完美的搭配勾勒出纤瘦的身材，一条简约的一字锁骨链挂在好看的锁骨上，充满青春活力又性感十足。最扎眼的是，她身上披着的是一件男款大衣，看样子一定是言佑的了。

这应该就是西大服装设计协会的会长吧，对方一直面带微笑，方圆圆却感到一种无形的压迫感。她默默低头看了看自己的加厚棉衣，心里冒出两个念头，一个是难道她和这姑娘过得不是一个季节吗，大冬天的穿这么少不嫌冷？另一个念头是，大概言佑就是喜欢这种性感的类型吧。

这边胡思乱想着，言佑已经给她们做介绍了："这是西大服装协会的会长白韵。都是西大的，说起来算是你学姐呢。"

他又给白韵介绍："这是方圆圆，我朋友。"

白韵很自然地歪头跟方圆圆打招呼："是小学妹呀，学妹好！"

方圆圆挤出一抹笑："学姐好。"她不想过多寒暄，于是搪塞道，"我们带了很多夜宵过来，你们进去吃点吧。我有点闷，四处走走，就不和你们一起了。"说完，她便逃难一般走远了。

她不愿意再看言佑和白韵言笑晏晏，因此走得飞快，走着走着突然发现心酸连带着眼睛也有些酸了。她心里暗骂自己莫名其妙，揉了揉眼，努力豁达一点，这时候突然有人拍了拍她的肩膀。她下意识转身，看到来人的那一刻，眼睛险些又酸了。她赶紧转身往前走，想离言佑远一点，言佑却一直跟着她。他转身面朝她，她往前走，他就后退，一边走一边问："怎么了这是，脸色这么差，谁欺负你了？"

方圆圆停下来瞪他："关你什么事？你不回去陪妹子跟着我干吗？"

言佑挑了挑眉："这话说的，怎么像你喜欢我似的。"

方圆圆别过头去："少臭美了。"

言佑笑了："心情不好？要不要跟我聊聊？"

方圆圆傲娇道："我跟你有什么关系，干吗跟你聊。"

言佑也不恼："好歹我们一起吃过两顿饭，工作室和你舅妈的合作上你也帮了大忙，我们也算是朋友了吧，怎么就不能聊聊天了。"他心里暗道，我大人有大量，你删我两次好友的事，哥哥我都忍了，对你够好了吧？

方圆圆吸吸鼻子："我能有什么事，就是有点冷。"

言佑笑了："第一次看到有人冷哭的。"他有些无奈，"我没穿外套，等我一下，我回工作室取一件给你。"

方圆圆撇撇嘴："我才不要，你外套还是留着给美学姐吧。"宁愿自己受冻都要把衣服给人家穿，果然是个大绅士！

言佑哈哈大笑："你怎么说话这么大醋味，不会是真喜欢上我了吧？"

他明显是在开玩笑，方圆圆却心头一颤。她乜斜他一眼，绕开他继续往前走，他三两步跟上来："好了，不回去取就不回去取呗，再往前走五百米有条商业街，去看看还有没有没关门的店铺，哥买一件给你，又不是什么大不了的事。"

本来方圆圆刚刚心凉了一半，听言佑这么说，又有些回暖的趋势，她试探地问："你怎么不去陪白学姐？"

言佑无所谓道："她想来参观一下工作室，我送她进去就出来了。看你刚刚笑得有点勉强，怕你出什么问题。"

方圆圆哼哼两声，小声嘟囔："跟人家喝个茶都喝到十点，还大半夜来参观工作室。"

"什么？"

"哦，我是说，难得你还会关心我。"

言佑自然而然道："你年纪小，关心你应该的。"

得，原来是因为年纪小。方圆圆刚泛起小涟漪的心湖立刻平静了。

言佑果然说话算数，真的带她到商业街买衣服，这条商业街在西市的市中心，虽然十点多钟了，但开门的店铺还有很多。言佑直接带方圆圆选了一家装潢简约灯火通明的店，方圆圆却不肯进去，言佑怕她冷，只好自己进去飞快地挑了件宽敞的茶色大衣出来给她披上，一边披一边说："你外套白色的，我看和这个颜色很搭，你看行吗？"

方圆圆捞起还没摘掉的吊牌瞅了一眼，倒吸一口凉气："三千六百块？言佑你干什么？"

言佑抬手把挂吊牌的曲别针取下来，咧嘴笑了笑："不好意思，有点着急忘摘了。"

方圆圆急忙道："你给我买这么贵的衣服？"

言佑弯起手指轻轻敲了下她的脑门："不是冷吗，穿着暖和就行了，看什么价格。"

方圆圆相当直率："就凭我跟你吃了两顿饭的关系？"

言佑抿抿唇："倒也不是。"

方圆圆想了想："考虑到你喜欢我的可能性为零，那你就是想还我一个人情了。"

"嗯……也不能这么说。"

方圆圆做了一个深呼吸，轻声道："我说呢你会这么好心，怕我冷还带我买衣服。"言佑要插嘴，方圆圆却没给他机会，她紧了紧身上的外套，"好吧，衣服我收下了。以后你不欠我了，现在我们又回归两清，你也不用再关心我。"说完，她便转身往工作室的方向走了。

言佑默默跟上去，觉得应该说点什么，但又无从说起。他确实觉得欠了方圆圆一个人情，想着要还她，但听她这么说，又好像他太薄情了。而且，他总觉得她今天的情绪有点奇怪，又说不上哪里奇怪。

一路上两个人都没说话，直到十一点左右回到工作室。

他们到的时候，大家已经把夜宵吃了个七七八八，各自回工作岗位加班了，夏尔在沈一凡的办公室监督他喝鸡汤。言佑不好把方圆圆一个人晾在休息区，就请她到办公室坐坐。

然而，刚推开门，方圆圆就看到白韵正很自然地坐在言佑的椅子上慢条斯理地吃牛排，那牛排显然是自己来的时候带过来的。方圆圆感觉戳心得紧，丢下一句"你们聊，我出去坐"，便快步走出去了。

言佑没拦她，看白韵的时候眉头轻轻皱起来。

白韵抽出一张纸巾擦了擦嘴角，表情坦荡又自然："不好意思，本来这个点我应该离开了，但是想了想你带我过来的，不跟你打声招呼就走有些不礼貌，所以就想等你一下。然后这份牛排是他们分夜宵的时候给你的，我看你迟迟不回来，牛排要凉了，怪可惜的，正好我有些饿了，所以就打开吃了，实在不好意思。"

言佑本来有些介意别人私自进他的办公室，但听白韵这么说，他心里那点不愉快立刻烟消云散了，甚至还有些小愧疚，不管怎么说，他带人家过来的，又把人家晾着，确实有些过意不去。

他摸摸鼻子："没事，你吃，是我抱歉才对，今天有点事耽搁了，没能给你好好介绍一下工作室。现在有点晚了，你吃完我送你回家，改天你空了再请你过来玩。"

白韵歪头："好嘛，下次来希望有机会欣赏一下你的设计作品，让我也学习学习。"

言佑笑了笑："哪里，你的作品我觉得也很有想法，一起交流。"

第十章
红尘之外，我喜欢你

"虽然听起来我有些吃亏，但对方是夏尔教练

的话，我就勉为其难了。"

言佑和白韵一起走出办公室。方圆圆正在百无聊赖地打游戏，言佑走到她身边对她说："我先送她回去，你等我一下。"

　　方圆圆却不领情："我又不是来找你，你想走就走呗。"她经过短时间的缓冲，心情已经平静下来，再看言佑时眼里已经没有什么波澜了。

　　言佑有些没趣地摸了摸鼻子："我办公室里有咖啡和红茶，你想喝的话自己去泡。"说完，他便带白韵出门了。

　　走之前，白韵眼含深意地看了看方圆圆搭在椅背上的大衣，又深深看了她一眼才慢悠悠地走出去。

　　方圆圆大大翻了一个白眼，有人专程送回家，确实是有得意的资本。她鼓了鼓腮帮子，又继续打游戏了。

言佑回来的时候，正好看到方圆圆还维持着他走时的那个姿势窝在沙发里兴致勃勃地打手游，还时不时冒出一两句网络用语。他拉了一张软椅在她对面坐下，趴在椅背上百无聊赖地看她玩。

　　方圆圆有些不自然："干吗看着我，人家都在工作，你不工作吗？"

　　言佑歪头："我是设计师，主要负责商品的设计，年终的总结工作跟我关系不大。"

　　方圆圆撇撇嘴，又低下头打游戏："哦，那你回家呗，又不加班。"

　　"那不行，同事都在加班，我怎么能自己回去休息。"他瞟了一眼方圆圆操作的角色，"在打小乔啊，这角色团战的时候有个口诀，先放二技能尽可能多地命中敌人，然后放大招闪现进场，最后放一技能收割人头。"

　　方圆圆情感上并不想听言佑的话，手上却下意识按照他的指示去做，三技能连放后，果然连续收割了三个人头，当系统中传出"triple kill"的提示音时，她都惊呆了。她在这个游戏里是新手，操作一直都是凭感觉，还从没有杀得这么畅快过。她忍不住默默抬起头："你会打？"

　　言佑想了想，云淡风轻道："上一个赛季大概王者三十六颗星吧，不过很久没玩了。"

　　方圆圆看他的眼神突然变得灼热起来。

215

言佑虎躯一震："你……干吗这样看着我……"

方圆圆干咳一声："那个……你是不是说过你欠我一个人情？"

言佑被方圆圆看得发毛："那个……我记得刚刚我买了件大衣给你，然后你跟我说我们以后两清了？"

方圆圆陷入了思考之中："啊，我是这么说的吗，我不太记得了……"看着言佑难以置信的表情，她马上改口，"哦，我想起来了，我可能确实说过。"她一把从旁边捞过搭在椅背上的茶色大衣，很淳朴地递到言佑手上，"喏，我就穿了一次，这个还给你。"

言佑对上方圆圆十分真诚的眼神，嘴角一抽搐："送出去的东西还有要回来的道理吗？你想做什么，直说。"

方圆圆眨眨眼，默默收回大衣，一脸狗腿地说："我听说有一些顶配的玩家可以开小号带人家上分，不知道有没有这种操作，我虽然玩得差，其实我也是有一点点上王者的小梦想……"

言佑有些语无伦次："其实……这个梦想……我感觉……还是有点大的……"

方圆圆嘿嘿笑了两声，笑得言佑毛骨悚然。

"别……别这样看着我，我屈服了，我带还不行吗？"

这时候，方圆圆打游戏上头，心里对言佑哪里还有旖念，看待他完全像是在看一个能带她上分的机器人了。

大概十一点半，沈一凡送夏尔和方圆圆回学校，夏尔再三说她们可以打车回去，让沈一凡快点下班休息，沈一凡却很坚持。夏尔没办法，只好由着他。

　　碍着方圆圆，一路上沈一凡和夏尔也没怎么说话，只是下车的时候，夏尔已经走出一段，又不放心地折回来。沈一凡一直靠在车门上等她进学校，看她折回来，站直身子笑道："怎么了夏尔教练，还有什么吩咐？"

　　夏尔十分严肃地看着他："你以后要按时吃饭，就算加班也要吃过饭再加班，真把胃折腾坏了以后有你受罪的时候。"

　　沈一凡摸摸鼻子："好。"

　　夏尔瞪他一眼："我说真的呢，你态度认真一点。"

　　沈一凡轻轻咳了一声，敛了脸上的笑意，正儿八经道："一定按时吃饭，夏尔教练放心。"

　　夏尔这才满意地点点头，脚步轻快地离开了。

　　沈一凡看着她的背影，嘴角的弧度又不自觉地扬起来。这样被人管着的感觉，好像还不错？

　　回到宿舍，夏尔洗漱完毕正要睡觉，沈一凡突然发了条消息过来："夏尔教练，睡了吗？"

　　她心头一动，飞快敲键盘："还没呢。"

沈一凡："明早……有没有空到我家吃个早餐？"

夏尔一头雾水，沈一凡又发消息过来："是这样，我妈听说你今晚来给我送夜宵，觉得太辛苦你了，说一定要给你补一下。"

发这消息的时候，沈一凡也十分无奈，他这位母亲真是想一出是一出。事实是，听说夏尔大晚上给他送鸡汤的事，沈艾女士感动极了，交口称赞真是个挑着灯笼都难找的好姑娘。她抱怨沈一凡不开窍，动作太慢，生怕这么好的姑娘被他给错过了，所以才想着赶紧把姑娘给"拴住"，可不能让人给跑了。

夏尔一脸蒙，她就送了个夜宵，就需要补一下了？

她赶紧回："不辛苦不辛苦，我一点都不辛苦，就举手之劳，我们现在是相互负责的关系嘛，应该的。"

沈一凡："她现在兴致正高呢，菜单都想了个七七八八，你要是不来的话……"

夏尔一想，也是，沈阿姨那么热情，如果她不过去，难免辜负阿姨对她的一番心意。

片刻，她回道："那好吧……但我真的不需要补，你让阿姨从简就好了！"

沈一凡忍住笑意："好，明早我过去接你。"

第二天一早到了沈家，夏尔才知道沈一凡说的"补一下"是什么意思。只是个早餐，沈艾居然准备了满满一桌，有热腾腾的燕窝粥、香味四溢的人参鸡汤、滋补的鲫鱼汤、色香味俱全的虾仁青瓜滑蛋，还有作为甜品的木瓜炖银耳和水果炒酸奶，作为正餐都有些奢侈了。

夏尔有些发愣："阿姨，您做的这些是早餐吗？"

沈艾："对呀，我这还有几道菜没做呢。"

夏尔赶紧道："不用，不用，阿姨，这些足够了，太麻烦您了，做这么一大桌得花好长时间吧。"她有些不好意思，看着满桌的铺陈，沈艾肯定很早就起床了。

沈艾摆摆手："哪有，不费事。我昨儿听一凡说你大晚上给他送夜宵，多累呀，必须得好好补一补，鸡汤我昨天就炖上了，文火慢炖七小时，现在正是香浓的时候。还有，这女孩子啊，皮肤保养是十分重要的，阿姨做的甜品美容养颜，卖相好，味道也好，正好适合你吃，你快尝尝阿姨手艺，看看合不合胃口，喜欢哪道你就告诉阿姨，下次想吃了阿姨再做给你吃。"

夏尔连连感谢沈艾，十分捧场地把她推荐的菜都尝了一遍，一个劲儿夸她手艺好。

沈一凡看沈艾丝毫没有管他的意思，一心顾着夏尔，只能一声不吭地默默坐在餐桌前自己吃，谁知他的汤匙刚刚伸到木瓜炖银耳边上，沈艾就一把拍在他的手背上。他下意识地缩回手，沈艾乜斜他一眼："这甜品我就做了一盅，给尔尔吃都不够，你还想吃？"

沈一凡哑口无言，只能默默缩回手去舀了一小勺滑蛋。

他无奈的样子把夏尔逗笑了，她十分认真地对沈艾道："阿姨，他胃病刚好不久，我们要让着他一点，那个木瓜炖银耳就让他吃吧，我觉得男孩子其实也需要美容养颜的。"

沈一凡一愣。

沈艾像是突然想起什么："对，你不说阿姨差点忘了，他这大病初愈的。"她转向沈一凡，很勉强道，"那好吧，那你也尝一点，但不要吃太多。"

沈一凡无奈极了。

寒假将至，"F&F"工作室最忙的时候也已经过去了。沈一凡查了天气预报，一月的最后一天正好下雪，他一直惦记着答应过夏尔，要在下雪的时候带她去看雪中的色达，那天就十分合适。

他和夏尔约好后，想起夏尔说想穿红色的披肩去色达，特意到商场挑了几款送来给她选。

他开车到西大门口，刚要给夏尔打电话，突然看到一个很熟悉的背影。他又仔细看了看，没错，是梁沉。他心里暗想，梁沉怎么会在这里？突然，在梁沉错身的瞬间，他看清了他对面的人——是夏尔。

他立刻怔住了。

下一刻，他看到梁沉递了一个很大的黑色礼盒到夏尔手上，夏尔接过去，看样子十分惊喜，两个人有说有笑，好像聊到什么开心的事情。沈一凡眼神瞬间有些阴沉，他想了想，开门下车。

他步履缓慢地朝夏尔的方向走，在他距离夏尔还有五六米远的时候，夏尔终于看到他了。她脸上忍不住浮现出笑意，不过下一刻，她便有意地将手中的礼盒藏在背后。

看到她这个动作，沈一凡的眼神更凉了些。

见是沈一凡，梁沉大方地朝他打了个招呼："不久前才听小夏说原来你们是朋友。看来西市确实比较小啊。"

沈一凡面无表情地看着梁沉。

沈一凡和梁坤那边的兄弟姐妹关系不太好是真的，但梁沉和其他人比起来，还是有一些不同的。沈一凡十岁之前住在梁家，梁轩就不说了，从小把他当成家产继承人的竞争者来排挤，几个姐姐也把他和沈艾当外人，从来不把他当弟弟看待。只有梁沉，虽然话少，也没有对他十分亲近，但至少没有对他区别对待。沈一凡一直记得，梁沉读初中的时候就经常到国外参加各种竞赛，每次梁沉从国外回来都会给弟弟妹妹带纪念品。沈一凡喜欢轮船，梁沉就给他带精致的机械模型回来，足见用了心思，那些模型他离开梁家的时候也一直带着。他当时虽然表面什么都不说，心里却很温暖，甚至他觉得有这样一个沉默但心细的大哥是一件很幸福的事情。不过他离开之后，梁沉就再也没和他联系过了，所以他对梁沉的感情也只能深深埋在心里。时间久了，他都快忘记还有这么一个大哥曾经在他童年的时候给他带来过温暖——直到他看到夏尔钱夹里的照片。

没想到，梁沉时隔多年从国外回来，他还是在夏尔这里才能见对方一面。

他心里有一丝莫名的别扭，对于梁沉的招呼置若罔闻。梁沉耸耸肩，不甚在意。梁沉朝夏尔使了个眼神，然后便很有眼色地转身离开了。

沈一凡眼神无意地扫过夏尔背在身后的礼盒，也没多问，把手里的三四个购物袋递给夏尔："你之前不是想披着红色披肩拍照吗，我挑了几款，你看看喜不喜欢。"面对夏尔的时候，他脸色柔和许多。

夏尔从背后抽出一只手，惊喜地接过购物袋："哇，你不说我都快忘了。"

看夏尔这么开心，沈一凡也不想提煞风景的事情。他点点她的鼻头："夏尔教练，我还有些工作要收尾，先走了，明早来接你？"

夏尔点点头，想就那个礼盒解释一下，但想起梁沉刚刚和她说的话，她又忍住了。她笑道："好的，我等你，沈老师。"

转身的瞬间，沈一凡眼里渐渐多了些凉意。果然沈艾说得没错，是他动作太慢，给了别人可乘之机吗？

第二天，沈一凡七点整准时到西大门口接夏尔，大老远就看到她怀里抱着一个黑色的礼盒。车停下来，夏尔坐进副驾驶的位置。

沈一凡的眼神在黑色礼盒上停留片刻，最后什么也没说。他正打算开车，突然感觉胳膊被摇了摇，扭头，正好看到夏尔亮晶晶的眼神。她满怀期待地将礼盒递给沈一凡："先别急着走嘛，沈老师，这个送给你，生日快乐！"

　　沈一凡怔了一瞬："你知道今天是我的生日？"

　　夏尔笑道："我也是刚知道的。喏，快拆开看看喜不喜欢。"

　　沈一凡的心情突然变得复杂起来。

　　他记得，这个礼盒明明是昨天梁沉给夏尔的。

　　在夏尔的催促下，他终于慢慢地打开礼盒的包装。看到里面东西的那一刻，他瞬间愣住了——里面竟然是一艘豪华邮轮的缩略版模型。

　　夏尔在一旁耐心介绍："你不要小看这架模型，这可是一架真实的豪华邮轮的迷你版，里面的每一个零件所用的材料都和原轮船完全一样，甚至复刻了原邮轮每个细微处的设计，可以说，整个世界范围内，这样做工精致的轮船模型都是少数。"

　　夏尔介绍的时候默默关注着沈一凡的表情，发现他既没有过于惊喜，也没表现出反感。如果一定要用一个形容词来形容他现在的表情，那就只能用"复杂"这个词了。

　　夏尔试探问："你不喜欢？"

　　沈一凡没回答，而是看着那个模型轻声问："这是你送给我的？"

　　夏尔摇摇头："这是你大哥让我带给你的，他说你今天生日，但

223

你父母的结婚纪念日也是这一天，所以他们离婚之后你就没再过过生日，他特意托我一定要在今天把这份礼物送给你，我以为你会喜欢……"

沈一凡心里瞬间五味杂陈。他本来以为那是对方为了靠近她而送她的礼物，没想到，这居然是给自己的礼物，难怪，她昨天接过礼盒的时候笑得那么开心，又小心翼翼地藏着。现在想起来，大概是为了给他一个惊喜吧。

夏尔看他没什么反应，以为他是在怪她擅自收下梁沉给他的东西，毕竟他很久之前就表达过他对梁家人的不喜欢。她赶紧道："那个……沈老师啊，你千万别生气，如果你实在不喜欢这个模型，那我就给他送回去好了。他说你从小就喜欢收藏轮船模型，每次他从国外回来都会特意买一个送给你，这是他回国前花了很大工夫才买到的特级仿真模型，只是怕他自己送你你会不收，所以他才让我拿给你。我感觉他只是作为大哥想送你礼物，这份心意挺珍贵，所以我才收下，你别……"

话还没说完，沈一凡突然轻轻地揉了揉她的头发。她有些茫然，小声问："你……没有不开心吧？"

沈一凡嘴角终于扬起浅浅的弧度。他轻声道："没，这个模型我很喜欢，谢谢你帮我收下它。"

夏尔笑了笑："你喜欢就好。其实……作为一个外人来看，我觉得你大哥对你真的挺用心的。"

沈一凡随手把夏尔额前的碎发别到她耳后，很自然道："夏尔教练，对我来说，你不是外人。"

他灼热的目光像是一串流火流窜到她的四肢百骸，将刚刚的寒冷尽数驱散。她点点头："哦……好。"说完，她又画蛇添足加了句，"我们是好朋友嘛，好朋友不能说是外人！"

她这贯彻始终的"矜持"把沈一凡逗笑了，他附和她："对，我们一直是'互帮互助'的好朋友。"

筹划许久，他们终于顺利踏上了前往色达的旅程。

西市距离色达大概有十小时车程，沈一凡和夏尔到县城的时候已经下午五点多了，于是他们在县城的宾馆定了两个房间先住下来。

冬天天黑得早，接近六点小城里已经亮起了灯火，沈一凡和夏尔在车上吃了一整天的面包，现在实在有些食欲不振，于是两个人裹成两个大粽子在县城里四处逛了逛。

沈一凡之前来过这里，但夏尔是第一次来，对一切都感到新鲜。她兴致勃勃地一个个店铺逛过去，服装小店里卖得多是藏族服饰，颜色鲜亮，做工精细。沈一凡看夏尔喜欢，便买了一套大红色的送给她。又逛到藏银店，藏家绞银的工艺精湛，沈一凡又买了一个莲纹缠枝的手镯送给她。后来逛到工艺品店，夏尔觉得沈一凡送给她这么多东西，她也应该回赠一样，于是挑了一个蜜蜡手串，沈一凡一看标价，七百八十八，他笑着接过手串放回货架，小声在她耳边道："这里的货物成本都很低的，不值得花这么大价钱，别买贵了。"

夏尔眨眨眼："可是刚刚你买衣服和镯子也没手软啊。"

沈一凡刮刮她的小鼻子："那不一样，服饰都是日用品，而且溢价也没那么严重，最重要的是你喜欢，我为什么手软。"

夏尔瞪他一眼："我的钱是钱你的钱就不是钱了？"

沈一凡轻笑："想管我账了？"

夏尔被噎到了，翻个白眼，懒得理他。沈一凡不逗她了，抬手揉揉她的脑袋："好啦，我知道你觉得好朋友要礼尚往来，那……"他指了指放在货架角落的一排香烛，"那你给我买两盒香烛吧。"

夏尔视线转向他指的地方，那里放了几盒香烛，清一色的粉红色莲花状，一朵朵小莲花在软塑料盒子里排开，看着甚是可爱，但也看得出并不是很贵的东西。

夏尔疑惑："买香烛干什么？"

沈一凡摇摇头："一会儿你就知道了。"

买完香烛，两个人终于感觉有些饿了。沈一凡本来想带夏尔去尝一尝藏奶茶和其他藏族特色食品，但夏尔实在闻不惯餐厅里浓重的奶味，于是两个人买了两桶酸辣粉打算回宾馆泡着吃。沈一凡又买了两大瓶玻璃瓶装的果汁，夏尔再次疑惑："大冷天的你确定我们要喝这个？"

沈一凡又卖关子："一会儿你就知道了。"

带着一肚子疑惑，沈一凡带夏尔回到宾馆，因为要吃饭，所以两个人暂时没有分房间，都挤到同一个房间打算吃东西。

这边的宾馆房间没有房卡，都是钥匙开门，进门之后，夏尔下意识去摸墙上的开关，按下去之后却发现灯没有亮。她"咦"了一声，又按了一下开关，还是没反应。她惊讶道："这是没电了吗？"

沈一凡笑道："不是，这边的照明系统就是这样，时好时坏，这个季节来这边旅游的人也很少，所以就算灯坏了老板也不会想着去修，都是自己解决的。"

夏尔明白了："哦，难怪你刚刚让我买蜡烛，原来是为了照明！"

沈一凡点点她的脑袋："聪明！"

然后，他便打开手机的照明功能，从塑料袋里把"小莲花"取出来一个个摆在桌上，摆出一个波浪形。然后，他熟练地打开桌子的抽屉摸了摸，果然摸出一枚打火机，他扬了扬手里的打火机："喏，你看，老板都已经准备好了。"说着，他便将小蜡烛一枚一枚点起来，整个屋子瞬间多了些温馨的气息。

夏尔看着点点烛光有些莫名惊喜："这样好像也不错，气氛还挺好的，你想得真周到！"

沈一凡笑："我不是说了，你只管美美地跟我来，剩下的我都会安排好的。"

夏尔甜甜笑了笑："说得我好像花瓶一样。饿死了，我们来吃酸辣粉吧！"

沈一凡点点头，然后捞起桌上的热水壶和玻璃杯，拿到洗手间细细洗了五六遍，又接了一壶水去加热，夏尔则把酸辣粉拆开，把调味料都撒下去，等水开的时候正好泡起来。很快，屋子里就盈满酸辣粉的香味，令人食指大动。

夏尔和沈一凡挤在桌边一口一口地吃酸辣粉。吃着吃着，夏尔就笑了，沈一凡问："笑什么？"

夏尔摇摇头："没，我就是觉得很神奇。我没想过我们会在这样黑灯瞎火的情况下一起吃酸辣粉，好有趣啊，这算不算是烛光晚餐？"

沈一凡也笑了："你不觉得委屈就好。"

夏尔摆摆手："怎么会，我觉得超有情趣！人生有一次这样的体验，似乎也蛮不错的。"

沈一凡认同地点点头："你这么说，倒确实是。"

看夏尔一脸兴奋的娇憨样，沈一凡温声问："你冷不冷？"

夏尔刚吃了热乎的酸辣粉，浑身暖洋洋的，于是摇摇头："不冷，怎么了？"

"这里的宾馆没有空调，昼夜温差又很大，所以一会儿睡觉的时候可能会冷。"沈一凡起身把吃过的酸辣粉盒收了一下，然后把刚刚在便利店买的两大瓶果汁拿出来走到洗手间。

夏尔在买果汁的时候就在疑惑这是用来做什么的，现在终于揭晓谜题了。只见沈一凡利落地把两瓶果汁的瓶盖拧开，然后一手拿一只瓶子开始把里面的果汁往洗手池里倒。夏尔惊了："就这样倒掉了，太浪费了吧？"

沈一凡无奈："我刚刚看了一下，这里的便利店没有暖水袋，对于外地人来说，没有暖水袋在这里过夜八成会感冒，只有这种果汁是玻璃瓶装的，一会儿烧些开水灌进去，就可以当暖水瓶用了。"

夏尔恍然大悟："原来是这样。"她有些崇拜地看着沈一凡，"你怎么什么都能想到？"

沈一凡歪头："我之前在冬天来过这里，当时可是吃过被冻醒的苦，再过来总要有些准备。而且，好歹我大你几岁，生活经验总要丰富一点点不是？"

夏尔龇牙笑了笑："真好，有沈老师在我就安心啦！"

两个人规划了一下第二天的行程，沈一凡又嘱咐她千万注意保暖，便回隔壁的房间了。

夏尔脱掉外套之后和衣钻进被窝里，把沈一凡给她灌好的"暖水瓶"紧紧抱在怀里，果然，脱掉外套还是有些冷，但有暖水瓶在，似乎暖和多了。可能是四周突然安静下来，夏尔隐隐能听到胸腔里心脏跳动的声音，一些太阳穴胀痛之类的微弱的高原反应也慢慢袭来。夏尔在床上翻来覆去，怎么都睡不着，想给沈一凡打电话，又担心他已经睡着了。

正在她有些焦虑的时候，她突然听到隔壁传来清晰的叩墙的声音，她瞬间欢喜起来，隔壁正是沈一凡的房间！

她立刻叩墙表示回应，下一刻，手机铃声忽然响起来，是沈一凡。

她飞快接通电话，沈一凡应该已经躺在床上了，声音温柔又带着一丝慵懒："睡不着吗？"

许是他的声音富有魔力，夏尔瞬间沦陷在他的温柔里，身体的不适散了大半。她轻轻"嗯"了一声："你是不是要睡了？"

沈一凡笑："不睡，你睡着了我再睡。"

夏尔有些懊恼："我也不知道怎么了，总是睡不着，我平时睡眠质量挺好的呀。"

"这是正常现象，这里的海拔在三千米以上，第一次来的人基本上都会有失眠的症状，你的反应已经算是比较轻微了。"

夏尔无奈："要不你先睡吧，我们明天还要出去呢。一个人失眠总比两个人失眠要好，而且没准我一会儿就眯过去了。"

沈一凡声音里笑意更浓："是我带你来玩，当然要让你随时随地都元气满满，怎么能放任你失眠呢？"不等夏尔反驳，他便继续道，"我们来聊天吧，不如聊聊有趣的音乐和电影？"

夏尔来了兴致："说到电影，我倒是有很多经典保留片，每年都会重复看一遍的那种。"

沈一凡十分配合："好，那你说，我看看我有没有看过。"

于是，夏尔一股脑说了一长串的电影名单，比如《廊桥遗梦》《魂断蓝桥》《西西里的美丽传说》《怦然心动》和《海上钢琴师》等等，大都是一些老片，但确实经典，沈一凡大多数看过，她提起的时候他也会跟她聊一聊电影里让他印象深刻的画面。

夏尔最后说到的一部片子是《暮光之城》，她似乎已经有了些困意，声音倦懒："这个片子其实还蛮荒诞的，吸血鬼和人恋爱，吸血鬼和狼人恋爱，除了恋爱也没什么别的主题，但是里面有一句台词我特别特别喜欢，爱德华说起的时候，眼睛里像有银河一样，让贝拉不自觉地沉沦其中，作为观影者，我觉得我都要沉沦了。"

沈一凡默了一瞬，轻声道："这个片子我也看过一遍，你说的台词，我可能知道是哪一句了。"

夏尔轻笑："剧里那么多台词，你怎么知道我喜欢的是哪一句？"

沈一凡也笑："既然你不信，不如这样，如果我猜到的话，你答应我一件事怎么样？"

夏尔想了想，仍然觉得沈一凡绝对没有这么神通。于是，她痛快地应下来："好！我就不信你真能猜到。"

"那你听好。"沈一凡声音里带着无限柔情和无限宠溺，"I've

may stolen a kiss or two, but only after asking your father's permission, I would have got down one knee and I would put on you the ring. This is my mother's ring. As about so on I promisi I will love you every moment forever. Will you do me an extraordinary honor to marry me? （我可能偷了一两个吻，但只有在征得你父亲的同意后，我才会单膝跪下给你戴上戒指。这是我妈妈的戒指。我保证会永远爱你。你愿意嫁给我吗？）"

他读这段台词的断句、语调和情绪都和爱德华对贝拉讲的时候有九成相似，夏尔不知不觉听得痴迷了——这是爱德华和贝拉求婚时说的话，他之前也求过婚，但被贝拉拒绝了，这是被接受的那一次。

几秒钟之后，沈一凡轻声道："我猜对了吗？"

另一头是冗长的沉默。不知过了多久，直到沈一凡以为夏尔睡着了，她轻缓的声音才从电话那头传过来："嗯，猜对了。"

沈一凡笑了："夏尔教练，你刚刚说，如果我猜对，你会答应我一件事，不许赖账。"

夏尔鼓鼓腮帮子："我怎么会赖账？不过好神奇啊，你是怎么猜到的？而且你的脑袋是怎么长的，看过一遍的电影台词都记得这么清楚，一字不差？"

沈一凡声音里带着愉悦："可能是有心电感应吧。"

那天晚上，夏尔睡得格外好，中途也没有被冻醒，一觉睡到大天亮，第二天果然和沈一凡说得一样元气满满。他们简单吃过早饭，便开车出去了。

学院在县城东南二十公里外，越是靠近目的地，建筑的风格就越是特别，到山脚下的时候，已经可以看到有零星的小房子竖立在山腰上了。这里海拔高，气候终年寒冷，所以即使雪已经停了，山上的积雪也没有化掉，建筑群都笼在一片雪白之中。

学院内部不能开车，所以他们把车停在山下的停车场，徒步朝山上走。因为是冬天，学院的旅客很少，学院很安静，没有人大声喧哗，沈一凡和夏尔被这种气氛感染，谁也没讲话，只默默沿着盘山公路向上走，感受着这份宁静和超然。

沈一凡和夏尔一路上山，走到山顶的学院用来招待宾客的酒店时，海拔已经有三千九百多米，夏尔气息略微有些不均匀了。好在她从小练散打，身体素质过硬，所以除了刚刚爬上来有些喘息，倒是没有什么别的不良反应。

沈一凡打算在山上留宿一晚，所以他让夏尔在酒店大堂先休息一下，他去订房间，他要订两个房间，前台的小妹却告诉他冬天酒店大部分房间在整修，现在只剩下一个标间了。他有些为难，去征求夏尔的意见："前台说只剩下一个标间了，你看……订一个房间可以吗？"

夏尔下意识地接口："可以呀。"话说出口，她才意识到，订一个房间就意味着她今晚要和沈一凡共处一室了！她暗暗后悔自己刚刚

233

答应那么快，岂不是显得太不矜持？

果然，沈一凡嘴角欢快地扬起："嗯……看来你真的不介意。"

夏尔心里暗暗翻了个白眼，支支吾吾地解释："啊，那个，我的意思是，人家只剩一个房间了，那当然订一个就订一个吧，我们总不能露宿荒野你说是不是？"

沈一凡哈哈大笑："是，夏尔教练说得很对，确实不能露宿荒野。那我去订房。"说完，他便步履轻快地转身去前台了。

夏尔对着他的背影默默做鬼脸，订就订嘛，干吗还学她说话！

订好酒店，已经接近正午，沈一凡决定先让夏尔在房间里休息一下吃点东西，下午再去观景台。他和前台订了简餐，请服务生做好之后送到房间去。然后，他便带夏尔回房间了。

一进房间，夏尔便傻眼了，她理解中的标间应该是有两张单人床的，但进门之后却发现，里面只有一张双人床，而且还是比较小的那种。

夏尔与沈一凡四目相对，两个人的眼里都有些淡淡的尴尬。显然沈一凡也没想到这种情况，他干咳一声："嗯……听说这边的酒店有暖气，晚上也没有很冷，我可以铺个电热毯打地铺。"

夏尔一下子瞪大眼睛："那怎么行，被硌到怎么办，明天会腰酸背痛的。"

沈一凡深以为然地点点头："那你打地铺好了。"

夏尔惊悚地后退一步："我是女孩子，你居然让我打地铺？"

沈一凡又深以为然地点点头："也对。但我是正人君子，绝对不能占你便宜，总不能我们俩挤一张床，你说呢？"

夏尔鄙视地瞪了他两眼，想了很久，终于咬牙切齿道："那我占你便宜行了吧。"

沈一凡脸上浮现出一丝犹豫的神色，不过很快便回答："嗯……虽然听起来我有些吃亏，但对方是夏尔教练的话，我就勉为其难了。"

看他一副"十分勉强"的样子，夏尔毫不掩饰地给了他一个大大的白眼，心里默默想，看在你把这场旅行安排得这么周到的份上，懒得跟你计较了！

简单用过午餐，夏尔已经完全养足精神。趁着午后明媚的阳光，沈一凡带她沿着酒店后的小路前往学院里最高的观景台。

夏尔之前只在网上看过观景台上的视野，群山环绕之中，沟里清一色是绛红色的小木屋，以学院的大堂为中心，小木屋密密麻麻搭满了四面的山坡，延绵起伏，蔚为壮观。她一直对那幅场景满怀期待，没想到，等真的站到这个位置时，她看到的是比照片更加震撼的场景，午后清冽的风轻软地拂过，带起丝丝缕缕纯白的雪花翻飞在山谷中，整个场景都变得梦幻了。

这时候，观景台只有他们两个人，夏尔站在观景台的前面，痴迷地看着眼前童话般的画面，沈一凡轻轻地从她身后抱住她。

夏尔来不及矜持，侧过脸轻声问："这是人间吗？"这时候，她已经深深陷在这个童话世界了。

沈一凡声音同样很轻，仿佛怕惊扰了这里的安静："这是红尘之外。"

两个人都静默了，安静地感受这里壮阔的、宏大的意境。

片刻，夏尔用力做了一次深呼吸，她眯起眼睛，声音里带着难以掩藏的愉悦："我喜欢这里，谢谢你带我来。"

沈一凡轻声唤她的名字："夏尔。"

"嗯。"

他又唤了一次："夏尔。"

"我在。"

沈一凡声音里带着像能融化一切雪花的柔情："我喜欢你。"

夏尔知道，这次不是在拍剧本了。

雪花在她身边温柔地扬起又落下，而他在她身边，对她说"我喜欢你"，比雪花更加缱绻。不管是拍剧本还是在现实中，他的表白总是这样，只有"我喜欢你"，义无反顾，却又不索求任何回应。

空气安静了几秒钟，安静到沈一凡只能听到微弱的风声和自己的心跳声。

终于，他听到了夏尔的回答："我也是。"声音很轻，却十分坚定。

那一刻，整个山谷中翻飞的雪花都仿佛是在为她的回答而欢呼雀跃，沈一凡忽然笑了。

夏尔问他："你笑什么？"

沈一凡抱着她的手臂更紧了些："我想过无数次该在什么样的场合，用什么样的方式向你表白，才能表现得足够真挚，这是我能想过的最郑重又浪漫的方式，在红尘之外的寂静之地，我沈一凡向夏尔表白想用最诚挚的心得到她肯定的回答。"

夏尔的眼眶突然湿润了。她转过身枕在他的胸口，回抱住他。

沈一凡揉揉她的脑袋，继续道："因为，你值得这样郑重的表白，我想要你明白，我对你绝对没有一丝一毫的随意。"说完，他又郑重地补充了一句，"你一定要明白。"

夏尔这时候已经说不出话了，她在他怀里使劲点了点头。

沈一凡原本有些悬着的心终于放下来了。他知道，从这一刻开始，他终于有立场来守护她了。

第十一章
他的武力值

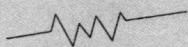

"当时，那是我能想到的唯一一种
可以靠近你的方式。"

沈一凡说，学院一天中的每个时刻都有不一样的美感，所以他们一直在山顶待到夕阳西下，再到万家灯火。

　　这段时间里，夏尔脱掉厚重的羽绒服，披上沈一凡特意为她挑选的绛红色披肩，披肩搭配她纯白色的袖子上带着软流苏的毛衣和白色的长靴，她站在千百个覆满雪花的小房子前，像一个不染世间尘埃的神女。

　　沈一凡履行承诺，帮她拍了无数张照片，镜头里的她美得有些不真实，他心里暗自欢喜，他喜欢的女孩，是这样美好的一个女孩子啊。

　　晚上回酒店，夏尔本来想着睡觉的时候要不要两个人中间放个背包什么的，但经过刚刚的那个下午，她和沈一凡已经由友达以上的状态过渡到恋爱已满的状态，情况似乎有些不一样了。

她从电视剧里看到，一般情侣确定关系后，在一起似乎还蛮理所当然的，但对他们来说，现在似乎又有些太快了，所以她还是有些纠结。

因为在上高原的头几天洗澡会有一定风险，所以两个人都只是简单地洗漱一下，夏尔先去，然后是沈一凡。

在等待沈一凡洗漱的漫长的五分钟里，夏尔飞快地脱掉外套和毛衣，然后换上睡衣钻进被子里——这家酒店有暖气和电热毯，穿着毛衣睡觉肯定太热了些。

她尽量只占用床上很小的面积，用被子把自己盖得严严实实，一动也不动，两只手还默默抓着被子的边缘。

于是，沈一凡从洗手间出来的时候，看到的就是躺尸般窝在被子里的夏尔。他被逗笑了："这么躺着舒服吗？"

"就……还好吧。"

沈一凡笑着走到床边，他可以很明显地感觉到，夏尔的身体绷得更紧了。

他有些无奈地走到床的另一边，把整个被子都推到夏尔那边，又帮她掖好被角，然后才和衣躺下来，与她保持着大概两个手掌的距离。

他捞过宽大的羽绒服盖在自己身上，轻声道："睡吧，明天如果起得早，可以去看一下这里的日出。"说完，他便抬手按掉床头的灯，整个屋子瞬间暗下来。

夏尔的心并没有因为沈一凡没有跟她盖一床被子而放松下来，她又开始担心，盖羽绒服可以吗？能把整个身体都裹进去吗？如果半夜羽绒服掉了怎么办？着凉的话明天会感冒吧……

想来想去，她更加焦虑了。终于，她下定决心，默默把手伸出被子探向沈一凡，摸黑找到他的胳膊轻轻戳了戳。

沈一凡本来就没睡着，轻声问："怎么了？"

夏尔声音细若蚊蚋："那个……你和我一起盖被子吧……"

沈一凡沉默了两秒，夏尔赶紧解释："不是你想的那样……我就是担心你着凉……"

沈一凡声音里带了笑意："我想的是怎样？"

夏尔又被他噎得说不出话了，索性什么都不说，直接把自己的被子匀给他，然后默默把他的羽绒服拨开。

沈一凡也不说话，任由她摆弄。她折腾半天，发现动作太小不太行，于是手上用了些力，一鼓作气把沈一凡笼在被子里。沈一凡突然闷哼一声，夏尔赶紧停下动作："怎么了，弄疼你了吗？"

沈一凡被她的问题弄得哭笑不得，闷闷道："嗯……有一点。"

夏尔有些疑惑，她又没打他，怎么会弄疼呢？

没等她想明白，沈一凡便赶紧道："好了，一起盖就一起盖吧，你不许乱动，安分一些。"

夏尔嘟嘟嘴，再次在心里辩白，自己哪里有不安分。

她不情愿地"哦"了一声，然后小声道："那你把我的手放开，这样怪不舒服的。"

沈一凡哼哼两声："不放。"

夏尔不干了："为什么?"

"你会占我便宜。"

夏尔气得不得了："我才没有!"

沈一凡便不说话了,默默闭上眼睛装睡,但抓着她的手更紧了些,让她挣脱不开。

夏尔挫败地用另一只空闲的手在他手背画圈圈挠痒痒,想让他自动缴械,他却岿然不动。

画了一会儿,夏尔自己都累了,索性由他抓着,换了个舒服的姿势沉沉睡过去了。

她睡着后,沈一凡借着微弱的光细细看她安静好看的眉眼,看着看着就笑了。他默默想,自己何其有幸,可以遇到这样单纯、善良的女生,得到她的喜欢,然后跟她在一起。

他暗暗发誓,今后的每一天,他都要让她快快乐乐的,不论发生什么事,都绝不再让她难过了。

第二天,沈一凡和夏尔凌晨四点多就起床到观景台等待日出,不过可能他们这次旅行太过美好,老天有意要留下一丝遗憾,所以把天上的云织得厚厚的,没有让他们如愿看到日出。

整座学院在熹微的晨光中慢慢苏醒过来，沈一凡抱着夏尔看升腾起的袅袅炊烟。他不无遗憾道："本来以为雪后天气会很晴朗的，这里的日出想必很美。"

夏尔摇摇头："没关系，我们所看到的已经很美了，太完美的旅行会让人觉得不真实，就留一点小小的缺憾，留待以后吧。"

沈一凡轻轻吻了吻她的眉眼："好，留待以后。"

从色达返回西市，方圆圆听说夏尔和沈一凡终于正式在一起了，内心的八卦之火熊熊燃烧起来，一个劲儿缠着夏尔说细节。

夏尔被她缠得不行，终于逮着一个机会反客为主："不要光说我嘛，说说你的情况。"

方圆圆闪烁其词："我有什么情况？"

夏尔轻哼一声："还想骗我，是谁每天大半夜不睡觉，求人家言佑带你打游戏上分的呀？"

方圆圆强装镇定："那个，你不要乱想，明明就是游戏太好玩了，跟他这个人没有任何关系的好吗？"

夏尔拉长声音"哦"了一声，有些惋惜道："也是为难言佑了，带你上分是件多困难的事，他都能坚持这么久不放弃。"

方圆圆挺起小胸脯："我在团队中也至关重要的好吗？"

夏尔疑惑："队友负责推塔和收割人头，你负责什么？"

243

方圆圆一脸骄傲："我负责在屏幕上打'666'啊，没有我的加油助威，队友们哪儿来的动力？"

"好吧，你赢了。"夏尔叹道。

寒假马上就到了，散打社还剩下寒假前的最后一次活动。

夏尔点名的时候，突然在最后一排看到一个熟悉的身影——沈一凡！她有些意外，嘴角却不由自主地扬起来，算起来，因为工作的原因，他也好久没来参加社团活动了。

她清了清嗓子，刚要正常开始训练，一旁的萧锦城突然说："我们这是社团内部活动，请非社团成员先行离开。"

夏尔愣了一瞬，随即才反应过来他指的是沈一凡。她想反驳说这是个开放性的社团，只要对散打感兴趣都可以参加，但还没等她开口，沈一凡就慢悠悠从队列里站出来："副社长说的非社团成员是我吗？"

萧锦城淡淡道："好像你确实不在社员名单里。"

其实之前沈一凡来过很多次了，萧锦城虽看不惯，也多半睁一只眼闭一只眼，但不久前他看到夏尔居然和沈一凡一起拍了《告白气球》的 MV，他着实有些难以忍受。

一众社员都一脸蒙地看着针锋相对的两个男生，心里十分诧异，副社长什么时候这么严格了？

沈一凡倒是十分随意："确实不在。"

萧锦城点点头："那麻烦你先离开吧。"

沈一凡耸耸肩："我去年刚从西大毕业，我记得西大的校训是'海纳百川'，社团的建设也十分具有包容性。只要爱好散打，即使是非社团成员，一起交流学习也无伤大雅吧。"

萧锦城之前没听夏尔提过沈一凡居然也是西大校友，这样的话，沈一凡来参加活动其实也无可厚非。不过，他话已经说了，不好再反口，于是顺着沈一凡的话道："原来是学长。之前学长来过几次，我倒不怎么看得出学长对散打有多热爱。"

沈一凡摸摸鼻子："副社长好像有些质疑我对散打的热爱程度。"他顿了顿，"为了证明我确实很喜欢散打，我可以和副社长切磋一下。"

之前，沈一凡为了靠近夏尔，一直隐藏武力值求保护，他一直想跟她坦白这件事，不过没找到合适的机会，可能，今天就是个不错的契机，尤其这副社长显然对夏尔还不死心，他确实有必要和对方交流交流了。

这话说出来，众人都有些震惊了。萧锦城的实力社员们都是知道的，沈一凡好看是好看，但看起来更偏向那种花美男的类型，武力值总感觉不太行，他居然提出和萧锦城切磋？

夏尔当然也是这样想的。她默默看了看沈一凡，十分护短道："切磋不如就算了吧，我觉得……"她始终记得她和沈一凡是怎么认识的，当时死乞白赖求保护才要到她微信的沈一凡，跟萧锦城切磋怎么切得过，还不得被纯虐？诚然沈一凡是来参加过几次散打社的活动，但萧锦城无论怎么说都是专业的，怎么看沈一凡都不是对手。

她一心为沈一凡着想，没想到沈一凡不太领情。沈一凡递给她一个安心的眼神，然后便开始优哉游哉地做准备运动了，看样子是要来真的。

夏尔还想再说点什么，但看沈一凡意气风发的样子，如果现在再阻止他，少不得会驳他面子，一时间也说不出什么来。

萧锦城心里冷笑，他本来就觉得沈一凡碍眼，没想到对方竟然主动跳起来要挨拳头，那他也不用给夏尔面子了。他面无表情："好，既然你想切磋切磋，那就来吧。"

社员为他们两个人递上拳套，众人纷纷向后退，空出一大片场地。

夏尔忧心忡忡地看着沈一凡，沈一凡一边往前走一边递给她一个安心的眼神。

等沈一凡和萧锦城都走到距离观众比较远的地方时，沈一凡听到萧锦城压低声音讲了一句："来一场男人之间的对决，如果你输了，以后离夏尔远一点。"

沈一凡与萧锦城目光相接，两个人的眼神中都火光迸现。片刻，沈一凡轻笑道："如果你输了呢？"

萧锦城轻蔑一笑："我不会输。不过，为了公平起见，如果我输了，我也放弃夏尔。"

沈一凡满意地点点头："其实，我也正有此意，没想到你先提出来了。"

萧锦城紧盯着他："那就废话少说，开始吧。"

两个人的距离微微拉开到两米，对决一触即发，沈一凡的神色终于从一开始的懒散变得严肃起来。

先动手的是萧锦城，他一点都没留手，上来直接一记横踢。这种腿法如果熟练的话杀伤力比较大，而夏尔又知道萧锦城的腿上功夫一直是他的强项。她下意识轻轻呼出一声，不过很快她的尾音便戛然在喉咙里——沈一凡居然挡住了！沈一凡只是简单地屈起手肘用小臂挡住了这一记横踢，那一瞬间，他脸上的神色更整肃了些，显然承受了不小的力量，但终究是挡住了，甚至他的脚都没有挪动分毫。

吃惊的不仅仅是夏尔，萧锦城也惊到了。按照他原本的设想，他应该能够用一招解决沈一凡的，没想到沈一凡果然有两把刷子，居然正面挡住了他的进攻，难怪会主动向他提出切磋！

萧锦城也不是服输的性格，意识到对方是块硬骨头，他飞快回收小腿提膝防守。他以为一击不中，沈一凡一定会抓住机会发起进攻，没想到对方只是轻巧的一个侧身躲过与他的正面接触，两人的距离再次拉开。

萧锦城不解："为什么不发起进攻？"

247

沈一凡说得云淡风轻："你对我的水平预判似乎有些失误，所以刚刚那一瞬间有些失神了，我要光明正大赢你，当然不能占你便宜。"

萧锦城脸上浮现出怒意："你这是在小瞧我？"

沈一凡没理会："刚刚已经让你一成，现在该我了。"

话音刚落，沈一凡便飞快地抬起右腿来了一个连环踢。虽然他这时候穿着运动装，没有露出小腿，但从他的动作还是不难看出，他的每一次出腿都极富力量感。萧锦城提臂格挡，虽然没有被击倒，但也是连连小幅度地后退来卸力。

场上的观众都以为这种形势下萧锦城可能要挡不住了，但与他交手的沈一凡却清楚地知道，其实从开始到现在萧锦城还没有耗费太多的体力，萧锦城一直在等待一个时机，等到对手力竭的那一刻，就是他反击的时候。

果然，在挨了连续六下连环踢之后，萧锦城明显感觉到沈一凡腿上的力道有所衰减。下一刻，萧锦城的眼神突然变得凌厉起来。在沈一凡第七次向他抬腿的时候，他只用右臂便挡住了他的进攻，然后狠狠抬起左拳佯攻对手的上部，同时右腿使出一个勾踢，蓄力踢向沈一凡站立在地面上的左腿。

如果这一招得逞，沈一凡必然重心不稳而摔倒，那作为切磋，这场比赛就应该结束了，虽然不像他设想的一招内解决，但三招之内也算不错了。萧锦城心里已经在想打赢之后该怎么向夏尔表白了，但下一刻，他只觉得自己的左小腿处传来一阵剧烈的疼痛，然后，他便重心不稳摔倒在地了。

他睁大眼睛难以置信地看向沈一凡，此时沈一凡已经摘掉拳套，正一边舒活筋骨一边好整以暇地看着他。

几秒后，沈一凡懒洋洋道："记得我们的约定。"然后便要转身离开。

萧锦城不甘心地大喊："等一下！我还没有输，我们再来！"

沈一凡顿了一下，然后回过头，再次走到萧锦城面前蹲下身来与他平视，很认真道："看来你还不知道你输在哪里，"沈一凡轻轻笑了笑，"交流交流也好，毕竟很久没遇到对手了。其实你的力量还可以，如果你打得保守一点，可能胜负要再晚些才能见分晓，不过你太心急了。说到底你还是轻看了我，打心底里觉得我不应该是你的对手，所以你以为你手上的佯攻和腿上的勾腿我都不会注意到，但其实，从我使出连环踢开始，我就一直在诱导你，你在等我力竭的那一刻，我就故意做出一个力竭的假象来让你上钩，那一刻，你全部的力量都在右腿上，想要一招击倒我，而在你蓄力的时候，其实我的右腿已经做好了随时改变方向的准备，就在你的右腿刚刚抬起来的时候，我便直接踢向你的左腿，用的方式和你一样，只是我终究快上半步。"

沈一凡看着萧锦城越来越难看的脸色，表情变得无辜起来："你说你要再来，如果这是正规比赛，当然可以。不过……"他有些戏谑地看了看萧锦城，"你该不会以为我腿上的力量只有这么点，只够让你不痛不痒地倒下去吧？"言下之意，他这一脚竟然已经收了力道，否则萧锦城的腿可能要伤筋动骨。

萧锦城恨恨地看了沈一凡一眼，无力感从心底深处油然而生。不说他作为副社长在社员面前丢了人，光是要放弃夏尔这一点就让他心如刀绞。

他从大一入学就一直喜欢夏尔，即使被拒绝过，也一直费尽心力守护她，想着总有一天可以感动她，没想到这场深刻的喜欢居然要以这样的方式结束。他本来以为他一定会是赢的那一个，但事与愿违，连自己最擅长的格斗他都不是沈一凡的对手。

他忍着痛缓缓从地上站起来，转过头深深看了夏尔一眼。

夏尔此时还没从沈一凡打赢的震惊中回过神来，眼神格外复杂，不过这复杂的眼神却不是给他的，而是深深烙印在沈一凡身上。

萧锦城叹了口气，收回目光，挫败地看着沈一凡，虽心有不甘，但也算说得坦荡："我承认，我是很喜欢夏尔，喜欢到开始嫉妒你的地步。"他顿了顿，有些自嘲地笑了笑，"其实我看得出，她是很喜欢你的，处处维护你，只是我执念太深，心有不甘，以为只有打赢的人才有资格和她在一起，没想到就连打架这方面我都赢不过你。"

萧锦城深深地看了一眼沈一凡，语气中带着坚定："愿赌服输，男子汉大丈夫，没有赖账的道理，我会辞掉社团的副社长，以后尽量和夏尔保持距离。但是，不要让我发现你欺负她。如果你惹她难过，那这个约定就不作数了，我会重新追求她的。"

沈一凡敛起慵懒的神色，眼神变得郑重起来。他声音很轻却透着坚定："萧锦城，你记住，我沈一凡绝不会让夏尔有哪怕一丁点的难过，所以，你永远没有机会了。"

"切磋"结束之后，萧锦城直接离开了。沈一凡在众人有些蒙的注视下默默回归队列，他摸摸鼻子，似乎有些不好意思，发现夏尔一直在盯着他看，他无奈地向夏尔做了一个可以先开始正常训练的手势。

夏尔心里对沈一凡的"武力值"充满疑惑，也想立刻问个明白，但考虑到社员们都在等着，只好压着心底的好奇先开始训练。

两小时之后，训练结束，社员们纷纷朝体育馆外走，不多时，这一方小场地就只剩下夏尔和沈一凡两个人了。

夏尔双手抱胸，看沈一凡的眼神充满审视，她凉凉道："不说点什么吗，沈老师？"

沈一凡干咳一声，脸上露出一丝淡淡的尴尬，完全没有刚刚和萧锦城切磋时的霸气："那个……其实我记得我也没说过我不能打是不是？"

夏尔听他睁眼说瞎话，忍不住反驳："可是我们第一次见面，你就让我保护你！"

沈一凡点点头："对，那是因为我觉得你比我厉害一点啊。"

夏尔又反驳："可是你还说要来散打社学习散打，你明明会为什么还要学？"

沈一凡露出无辜的表情："散打我确实不会，"看夏尔在发作的边缘，沈一凡赶紧继续道，"我学的是跆拳道，和散打有共通之处，但跆拳道更注重腿上功夫，散打更全面一些，我来学习一下也不能说不合理吧。"

夏尔生气地鼓了鼓腮帮子："你明明就是从第一次见面就骗我，还有这么多歪理！难怪之前你抓着我的时候，我怎么都挣不开，原来你根本就是个练家子，亏我刚刚还担心萧锦城会把你打伤。"说完，她转身便要走。

沈一凡看夏尔是真的生气了，连忙拉住夏尔的手腕，夏尔回头怒视他，他抿抿唇，轻声道："别走。"

夏尔偏过头不看他："你欺骗我，我不想跟你讲话。"话虽然这么说，但她也没有立刻甩开沈一凡。

沈一凡松一口气："好，那就不跟我讲话。你想我怎么做，才能不生气？"

夏尔刚想说"你怎么做我都生气"，但话到嘴边，突然灵光一闪，淡淡地看着沈一凡道："我想怎样就怎样？"

沈一凡眼里带着宠溺和纵容："你想怎样就怎样。"

夏尔狡黠道："你刚刚把我们散打社的副社长打败了，我作为社长总得找回点场子，你再和我切磋一场。如果你赢了，你骗我的事我就不追究了。"

沈一凡没想到她会提出这个要求，不过也不是很难做。他立刻点头："我赢了你就不生气，是吗？"

夏尔点头表示确认："但你不能放水，不然我会更生气的。"

沈一凡笑着松开抓她的手："好，一言为定。不过既然是我们俩切磋，就简单一些，拳套就算了吧。"

两个人的距离慢慢拉开一些，互相注视着对方的眼睛。

比起沈一凡和萧锦城对视时的火花四溅，他看夏尔时眼神温柔得像能滴出水来。

夏尔干咳一声："你严肃点，不许放水！"

沈一凡含笑点头："好。"

下一刻，夏尔率先出手，没有任何虚晃，直接实打实地一个横扫腿直击沈一凡的胸口，沈一凡屈肘提起双臂格挡，像是铆足了劲儿，夏尔刚刚见识过他的力量，应该可以挡得住，而且他也承诺过不会放水，所以夏尔这一下用足了力气。岂料，她的腿刚要接触到沈一凡的小臂，他的手臂却突然放下去了。

电光石火间，夏尔来不及收力，下一刻，沈一凡整个人猛地向侧面倒下，重重地摔在地上，他下意识地抬手按住胸口，脸色瞬间苍白了。

夏尔惊了，哪还顾得上什么切磋，赶紧冲过去看他："你怎么了，受伤了吗？"

沈一凡微微坐起身，勉强挤出一丝笑："怎么办，我赢不了你。"

夏尔又气又心疼："明明说好不放水，你干吗不用全力？"

沈一凡有些无奈："本来是要用全力，可总是在想对面是夏尔教练，别说全力，一分力气都用不上了。"

夏尔对自己腿上的力量是有预估的，沈一凡故意不抵挡，这一下肯定要受伤。她看着冷汗从沈一凡额头渗出来，急得要死："怎么办，你现在还能动吗，我们去医院。"

沈一凡摇摇头："哪那么娇弱，虽然你力气大了些，但我好歹是男人，皮糙肉厚，挨一两下能有什么大问题，只是刚刚突然有些胸闷，现在已经没事了。"

夏尔看他脸上的血色似乎确实恢复了些，但仍然不放心："不行，万一骨头伤到了怎么办，都是我不好，下手这么重，你要有什么事我该怎么和阿姨交代……"夏尔越说越心惊，说到最后眼圈都红了。

沈一凡确实硬生生挨了一下，但他身体强健，而且倒下的时候顺势卸了一部分力，所以虽然有点疼，倒确实没有伤筋动骨。看夏尔着急，他心疼地把她搂在怀里。

夏尔慌忙挣扎："你快放开我，这样压到伤口怎么办？"

沈一凡声音有些沙哑："不放，你怕弄疼我，就不要乱动。"

事实证明这句话十分管用，夏尔果然不动了，安安静静地被他搂着蜷在他怀里，像只乖顺的小猫，但还是担心沈一凡："你说实话，现在还疼不疼？"

沈一凡轻轻抬手摸了摸她的头发，声音低醇又富有磁性："你别哭我就不疼。"

夏尔心尖一动，声音轻了些："这时候干吗还开玩笑。"

"没开玩笑。"他下巴轻轻点在夏尔头上，夏尔便任他抱着不说话了。

两个人都没有说话。不知道过了多久，夏尔缓缓从他怀里抬起头来，轻声问："还疼吗？"

这时候其实沈一凡已经好很多了，但他仍然装作有些虚弱的样子："嗯……还有一点……"

夏尔一脸忧心："那怎么办？"

沈一凡答非所问："我好像记得，在色达的时候，我猜对了你的答案，你说过会答应我一件事。"

夏尔抿抿唇："有这回事。"

他将身子直起来些："夏尔。"

"嗯。"

沈一凡声音很轻，像是回忆起什么甜蜜的事："拍摄 MV 的时候，我说过，第一次见你的那天，你像一颗彩色的太阳一样，坠入我的生命里，我忍不住想要了解你更多。你知道，那不只是台词。"

夏尔眼神移到别处，极轻地点了点头。

沈一凡神色整肃起来："当时，那是我能想到的唯一一种可以靠近你的方式。"

夏尔张了张嘴，欲言又止，最后却什么都没说，安静地听沈一凡的下文。

沈一凡揉揉她的头发："我对你说了谎话，对不起。你能原谅我吗？"

夏尔撇撇嘴，小声嘟囔："难怪当时让我答应你一个条件，敢情在这儿等着我呢。"

沈一凡笑了："没有。如果你还是气不过，那我就等到你消气的那天，反正，我是赖定你了，夏尔教练。"

夏尔乜斜他一眼，发现自己对他真是无计可施了。她没好气道："人都踢成这样了还不消气，还要怎么才能消气。"说到最后，她都把自己逗笑了，"赶紧起来，赖定我可以，别赖我身上，我送你回去休息。"

沈一凡："再赖一分钟。"

夏尔无语极了。

第十二章
给她的初吻

—~\/\/\/~—

"这样的初吻，不知夏尔教练可还喜欢？"

Baigei Duini
De Xindong ♡ ♡ ♡
♡ ♡

春节前两周，"F&F"工作室终于迎来年假。为了感谢工作室的这些元老级员工这半年来对工作室的辛勤付出，沈一凡特意挑了家不错的酒店摆了两桌犒劳大家。

本来气氛其乐融融，没想到，吃到一半，来了个不速之客，饭局的气氛一下子紧张起来，除了沈一凡还在若无其事地吃菜，其他人都停下筷子看着来人——竟然是梁坤。梁坤身后跟着个助理，沈一凡心里戏谑，不愧是大老板，走到哪儿都这么有排面。

有人很有眼力见地给梁坤让开一个座位，正好在沈一凡对面。

沈一凡一点都不奇怪梁坤能找到这儿来。工作室刚建立的时候，梁坤塞了不少人进来，对此沈一凡也没说什么，只要员工对工作上心，不管他们认梁坤是老板还是认自己是老板都不是要紧事。

梁坤无视沈一凡的面无表情，笑着跟众人打招呼："大家不用拘谨，今天我过来就是慰劳一下大家。"他向身后的助理使了个眼色。

助理会意，从公文包里摸出一大沓红包，客客气气地分给众人，一摸厚度就知道金额不少。除了言佑，其他人都欢天喜地地收下了。

沈一凡心里冷笑，敢情今天他是来宣示主权、收买人心的。

众人收了红包，自然对梁坤千恩万谢，即使不是梁坤安插的人，也都知道投资工作室的梁董和沈一凡是父子关系，自然不会敌视梁坤。

梁坤和众人寒暄一圈，做足了体恤员工的派头。最后，他视线终于落在沈一凡身上，举重若轻道："工作室确实经营得不错，交给你，我很放心。"

沈一凡勾了勾嘴角："谢您器重。"

梁坤笑了，拿起刚刚助理给他满上的酒杯朝沈一凡举了举："这杯我干了，当是为你庆功，你随意。"说着，他把那杯一两左右的白酒一饮而尽，众人纷纷称赞"梁董好酒量"。

沈一凡眉头轻轻皱起来。

片刻，沈一凡抬手去拿不远处的酒瓶。坐在他身边的言佑拦住他，刚要说什么，却被他一个眼神憋了回去。

言佑神色间满是担忧，但看沈一凡态度坚决，他无奈地把手收回去。沈一凡这要强劲儿他知道，跟谁都不认输，尤其是在梁坤面前。

果然，他看着沈一凡倒了满满一杯白酒，然后眼神凉淡地看着梁坤："梁董的心意我沈一凡收到了，回敬您。"说完，沈一凡一仰脖子，把那杯白酒一饮而尽。

紧接着，沈一凡又提起酒瓶倒满一杯。言佑惊了，握住他的手腕，冲他低吼："沈一凡，你是不是疯了？"

沈一凡坚决地拨开言佑的手，然后，他再次将那杯酒一饮而尽。言佑恨恨地想，他真的是不要命了。言佑懒得再拦沈一凡，他知道，以沈一凡的性子，拦也拦不住。

于是，在众人惊诧的目光下，沈一凡连饮三杯白酒。言佑明显感觉到，沈一凡藏在桌下的手已经紧紧攥成拳头，显然并不好受，但他面上仍然云淡风轻："梁董，今天您过来为我庆功，您敬我一杯，我回敬您三杯，以示敬意。您日理万机，工作室的聚会，还是不耽误您的时间了。"

梁坤一眨不眨地打量沈一凡，眼神晦暗不明。他记得，这个小儿子是不常喝酒的。

片刻，梁坤沉声问："就这么不待见我？"

沈一凡嘴唇紧抿，没说话，眼里的意思却十分明显。

梁坤脸色瞬间暗下去。他没再多说，起身离开。

梁坤前脚刚走，沈一凡立刻起身。他挤出一抹笑："我突然有些不舒服，大家吃好玩好，我先走一步。"

沈一凡前脚刚离开，言佑后脚就跟上去。言佑一边走一边打120，心里暗暗道，为了争口气活活受这罪，这胃迟早被他折腾坏了！

260

沈一凡的胃病本来已经好一阵子没犯了，这次三杯白酒一刺激，一下子就撑不住了，比上次的胃炎还严重，直接胃出血，刚出酒店大门人就倒了。

沈艾和夏尔前后脚到医院，医生说还好及时做了急救，没酿成大祸，但也狠狠说教了家属，说他本来胃就不好，怎么还让他喝这么多酒。

言佑没敢把沈一凡喝酒的事实告诉沈艾，只说是工作室聚会不小心喝多了。沈艾又是生气又是担心，不过好在她还稳得住，夏尔则急得不得了，一看沈一凡脸上半点血色没有，魂儿都丢了一半，巴巴在他病床边守了一整夜，一定要亲眼看他醒过来。

第二天沈一凡醒来的时候，看到的就是夏尔安静地趴在他的病床边睡觉的场景。她双眼红肿，显然哭过了，即使是在睡梦中，眉头也紧紧皱着，可见睡得十分不安稳。

沈一凡心疼地抬起手摸了摸她的脸颊。

夏尔睡眠很轻，很快就醒了。在短暂的发蒙后，她终于意识到自己现在在哪里，神色也变得紧张起来。见沈一凡已经醒了，她急忙问："你醒了？感觉怎么样，有没有哪里痛，我去叫医生。"

沈一凡拉住她的手腕，轻声道："我不痛，你别走。"

夏尔惊了："你快放开我，弄疼你了怎么办？"

沈一凡贴在她耳边："没事，看到你不疼了。"

夏尔又急又气："你到底是怎么了，明明知道自己胃不好，怎么还喝那么多酒，你明明答应过我会爱护身体……"说着说着，她声音都有些哽咽。天知道昨晚她有多害怕，当时沈一凡死了一样，手凉得一点温度都没有，饶是她那么坚强的人，也被他吓坏了。

夏尔一哭，沈一凡就心疼了。他没有解释昨晚的事，只是抬起手轻轻拭去她脸上的泪痕："夏尔教练，别哭了，这可不像你。"他抿抿唇，"是我不好，害你担心，不会有下次了，我保证，好不好？你一哭，我的心比胃还疼。"

夏尔抽抽搭搭："你真的保证？"

沈一凡顺从地点点头，夏尔还不放心："那如果还有下次怎么办？"

沈一凡想了想："如果再有下次，那就罚我不许抱你，怎么样？"

夏尔以前一直觉得沈老师是个温柔体贴的人，自从和他在一起，她才发现，原来他这么无赖！她默默想，自己这算不算上了他的贼船了？

晌午，夏尔下楼取药，病房里只有沈艾和沈一凡两个人。沈一凡靠在靠枕上百无聊赖地听沈艾抱怨他不知道好好爱惜自己，时不时开两句玩笑抚慰一下沈艾紧张的心情。正在这时，病房的门突然被推开了——是梁坤。

梁坤把带来的花和果篮放到地上，有些尴尬地看看沈艾，又看看沈一凡："感觉好点了吗？"

虽然沈艾不知道昨晚的事，但她下意识不想看到这个人，很想把他直接赶出去，可当着沈一凡的面又不好开口。现在儿子需要的是静养，她不想让他糟心。她凉凉看一眼地上的东西，淡淡道："花和果篮又是助理临时买的吧。"

梁坤更加尴尬，他工作忙，稍微重要点的事都要亲力亲为，确实没时间细细挑选礼品。他有些惭愧地看向沈一凡："刚刚才知道你住院的事儿，来晚了，对不住你。昨晚……"

没等他说完，沈一凡就不咸不淡地打断他："梁董能让助理临时买个花买个果篮已经够用心了，我很感恩戴德。"沈一凡不想沈艾知道昨晚的事，白白让她闹心。

梁坤知道他在说反话，几番欲言又止，最终还是叹口气："等你出院，你有什么要求，尽管说，我尽量满足。"

沈一凡轻笑："您真的满足？"

梁坤点头。

沈一凡看一眼窗外晴好的阳光，淡淡道："那……就给我自由吧。"

在梁坤诧异的目光下，沈一凡接着道："您把我当作儿子，只是因为我是您的血脉，您想让我继承你的功绩，对于其他儿子应该也是一样。但是您有没有想过，或许这并不是我们追求的生活。就像我想学物理的时候您强行逼我学金融，只是因为这样会更符合您的标准，您想让我活成您想象中的那个儿子，您让我经营工作室，创建新品牌，也是出于这样的目的。"

他顿了顿，继续道："我想，我现在知道梁沉为什么当时主动接手海外的产业了，因为他知道，作为长子，您对他抱有太多期望，而他，也不想按照您框起来的模板生活，所以，他主动去了海外，这样至少可以离您远一点，多一点点自由。"

梁坤震惊地看着沈一凡。梁沉是他最满意的儿子，业务能力强，处理工作雷厉风行，从未让他失望过。他从来没想过，这样优秀的儿子会一直渴望逃离他的束缚。

沈一凡抿抿唇："其实，您的几个儿子中，最想要做你继承者的人是梁轩，他虽然跋扈，但心并不坏，这么多年，一直陪在您身边的也只有他，您本应该倾注更多精力在他身上，把他培养成一个德才兼备的人，对他寄予更多厚望。但您的精力用错了对象，所以他嫉妒我，也嫉妒梁沉。这本来是不应该出现的，因为无论是我还是梁沉，都无意与他争抢什么。"

他真诚地看向梁坤："如果您真的把我当作儿子，那我希望，在我出院之后，您就给我自由吧。工作室是我和朋友一起经营起来的，倾注了很多心血，我想把它做大做好，但不是在您的控制之下。您投入到工作室的启动资金我会慢慢按息还给您，就年货节的成绩来看，我觉得其实还不错，看在我没给你丢脸的分上，您放任我一次吧。"

末了，他很郑重地加了一句："爸爸。"

梁坤猛地抬起头，他和沈艾离婚的十数年，沈一凡对他的称呼要不就是"梁董"，要不就是"梁坤"。"爸爸"这两个字他已经太久没从沈一凡嘴里听到了，而且，这也是沈一凡第一次愿意和他说这么多的话。

沈一凡离开梁家的时候还是个丁点大的男孩，会隔着车窗不舍地喊大哥，喊爸爸。他有些恍然，当年那个小男孩，现在已经长成大男子汉了，可以这样冷静又条理清晰地跟他谈论事情了。

他眼睛突然有些酸，别过头去，没再看沈一凡，转身快步离开病房。

出门的时候，梁坤正好看到梁沉插着裤兜靠在病房外的墙壁上，里面的谈话大概他都听见了。

梁坤深深看了梁沉一眼，从梁沉的眼里看到了如释重负的情绪。他的心突然像老了十岁，没再停留，大步离开了。梁沉摸摸鼻子，没再进去探望，现在的沈一凡，应该需要一些时间来静一静吧。

梁沉转身默默离开，心想，这小子，果然长大了呀。

病房里又只剩下沈艾和沈一凡两个人。母子俩沉默许久，沈一凡先开口道："妈。"

"嗯？"

"其实，你还是很爱他的是不是？"

沈艾怔了怔，随即赶紧道："你瞎说什么。"

沈一凡笑："十多年了，你都没有再嫁。"

沈艾别过脸去："我有你就够了，还要别人干什么。"

沈一凡没理会，继续道："他也还爱你，十多年了，他也没有再娶。他有过三任妻子，但你走之后，他就没有再娶了。"

沈艾微微咬唇，最后还是在沈一凡的注视下败下阵来，她叹口气："现在说这些还有什么用，半辈子过去了，哪还谈得起爱不爱。"

沈一凡陷入短暂的思考。片刻，他摇摇头："也未可知。你当初带我走，是因为他把太多精力放在工作上，似乎他生活的重心只有工作，家庭、妻子、孩子，这些似乎都不在他关注的范畴内，他想要的是建立一个所向披靡的商业帝国，而你想要的是一个温馨的家庭，是不是？"

沈艾难为情地看他一眼："你这孩子，小小年纪，怎么和妈妈讨论这些。"

沈一凡顺了顺沈艾的头发，笑道："妈，那都是以前了，以前，他心里是只有他的商业帝国，但现在，他已经老了。"他认真地看着沈艾，"你明白我的意思吗？"

沈艾别开眼去，没有正面回答他，而是提起桌上的暖水壶："尔尔快拿药回来了，我去接开水。"说完，便逃难般地离开病房了。

沈一凡摸摸鼻子，这个父亲，他确实不太喜欢，不过沈艾喜欢的话，他也不介意勉强接纳。一切随缘吧。

这一次，沈一凡的胃病比较严重，着实养了一阵子，要不是他住院期间乖乖遵从医嘱，表现良好，险些这个春节都要在医院里过了。

他在大年二十九下午出院，言佑开车去接他，夏尔自然要一起，没想到方圆圆也跟去了。

夏尔有些疑惑："方圆圆，平时没见你对沈一凡这么关心啊。"

方圆圆笑得十分"谄媚"："朋友的男朋友也是朋友，我关心关心还不是应该的。"她总不能说她是想去看好戏。

夏尔总觉得方圆圆笑得有点假，不过她也没多想，反正方圆圆总有歪理。

沈一凡出院的时候人清瘦了些，好在养了一阵子，总算精神恢复得差不多了。夏尔扶着他一起坐在后排，方圆圆坐副驾驶。

一路上，四个人闲聊这个春节怎么过，言佑和方圆圆都是明天大年三十回奶奶家，沈一凡大病初愈，沈艾懒得折腾，打算娘俩在家凑合凑合，夏尔也要留在西市，她爸妈和哥嫂都在这边，倒也方便。

聊着聊着，夏尔终于觉出不对了，她戳戳沈一凡的胳膊："这是回你家的路吗，怎么看着不太像？"

言佑和方圆圆不禁紧张起来，聊天都暂时停下来了。沈一凡倒是十分淡定道："哦，住院有点久了，之前有个项目还没收尾，对方明天就离开了，我顺便去取个文件。"

夏尔眉头轻轻皱起来，小声嘟囔："刚出院就又忙工作呀，坐车上颠来颠去的，坐久了又胃痛了。"沈一凡的胃病说起来都是工作太拼折腾出来的，对于他这种拼命三郎的态度，沈艾和夏尔都十分忧心。

沈一凡知道她在想什么，笑着宽慰："你放心，只是件小事，不会太累。而且我的身体也还好，没你想的那么娇气。"看夏尔面色不善，他又补充，"嗯……我保证，以后一定格外爱惜身体，保证。"

夏尔没好气地也斜他一眼："最好这样。"

他们去的地儿还挺远，开车大概三个小时。冬天天黑得早，到的时候夜幕已经渐渐暗下来。夏尔下车的时候着实惊了一下，这里看起来是个庄园，挂在大门顶上的灯牌用花体写着"玫瑰小镇"四个大字。魔幻的是，这座庄园居然不是露天的，整个都被罩在巨大的透明玻璃罩里，简直是一个巨型人造温室。

夏尔忍不住惊叹："这里看着这么大，这得耗费多少玻璃啊，这里的老板一定是个土大款。"

言佑干咳一声："那个……大款可能是真的，土不土的咱也不知道……"

方圆圆嗤笑一声，懒得拆他台。

沈一凡揉揉夏尔的头发，温声道："这里即使是冬天玫瑰也开得不错，你先跟他们一起到处逛逛吧，我处理好事情来找你们。"

夏尔点点头，沈一凡便提了一个文件袋先离开了。离开之前，他朝言佑使了个眼色，言佑暗暗给他比了个"好"的手势。

之后，言佑便带着夏尔和方圆圆沿着一条花径慢慢向前参观。小径向两边延展开去，不同品种的各色玫瑰竞相开放。虽然天色已经暗了，但并不妨碍他们观赏，因为花丛中的小灯星罗棋布，散发着柔和的白色光晕，不仅可以将花看得清楚，并且比白天更添了几分朦胧的意境。

言佑一边走一边给她们讲解："这种深紫色的叫路易十四，以太阳王的名字命名，可见尊贵，原产地是法国，相传这是拿破仑的妻子约瑟芬皇后最爱的花。"

深紫色的玫瑰平时不多见，夏尔和方圆圆不禁停下来多看了会儿。

言佑笑道："前边还有很多珍稀品种，我们往前走吧。"

"喏，这种叫黑魔术，红色中透着黑色，绒感十分厚重，这种算是华贵、神秘的类型。"

"这种鲜黄色叫金枝玉叶，特点就是鲜艳明亮，有人说这种玫瑰象征爱情的忠贞。"

"……"

每遇到一种比较稀有的品种，言佑都会略停片刻，给她们讲解一下。夏尔啧啧赞叹："没想到，你对玫瑰花这么了解，具体到每个品种的名字、特点都说得上来。"

方圆圆心里暗道，那可不是，整座园子都是他家的，自家的东西当然说得头头是道。不过这些现在当然不能告诉夏尔。

言佑轻轻咳了一声："嗯……也没有，之前在法国学设计，花卉在设计中也算是比较重要的一种元素，所以我多少了解些。"

夏尔不疑有他，继续跟着走马观花地看着。不多时，他们走出窄窄的花径，眼前的空间突然变得开阔起来，不过光线却比刚刚暗了。在玫瑰花的海洋中，有一片小小的场地被圈起来，中间放了一架白色的单人秋千，秋千上还贴心地放了一个白色的天鹅绒坐垫。

夏尔刚想到秋千上坐一会儿，就听方圆圆道："尔尔啊，那个……要不你先在这儿待会儿，我……有点事想和言佑讲一下。"

夏尔怔了片刻，不过看方圆圆有些害羞的神情，再看言佑脸上的那一丝微微的别扭，她多少有了点猜测——莫不是良辰美景，方圆圆春心萌动，打算主动出击了？

她脸上不自觉地流露出一丝丝暧昧的笑意："没问题，没问题，你们去，你们去。"

方圆圆似乎有些不放心她，犹豫道："我看这里光线不太好，有点黑，你一个人会不会害怕？"

夏尔被方圆圆逗笑了："你又不是第一天认识我，我什么时候怕黑了？得了，你们赶紧去吧，有事说事，我自己赏赏花挺好的。"说着，她朝方圆圆眨了眨眼睛，姐妹，我看好你！

方圆圆这才一步三回头地离开了。

言佑带着方圆圆从另一条花径离开。刚走出夏尔的视线范围，方圆圆立刻停下来，折返方向，蹲在花丛里透过细密的花枝密切注视夏尔那边的动态。

言佑摸摸鼻子："你真有话跟我说？"

方圆圆抬起头白他一眼："想什么美事，我跟你能有什么话说？"

言佑无语，果然是她的脱身计。这鬼丫头，点子倒是不少，他刚刚还正愁着怎么抽身呢，她就已经想好办法了。

方圆圆和言佑离开后，夏尔一个人百无聊赖地坐在秋千上打发时间。虽是冬天，但温室的温度十分宜人，一点都不冷。夏尔枕在秋千索上闭目养神，呼吸之间都是玫瑰淡淡的、清新的花香。她荡来荡去，感觉自己舒服得快要睡着了。这阵子沈一凡住院，她每天都在医院陪着他，再加上一直担心他的胃迟迟养不好，最近睡眠一直比较差，现在这场景，倒是难得让她安心。

正迷迷糊糊，她突然感觉眼睛上传来微凉的触感，有人从背后覆住了她的眼睛。她警觉起来，正要起身，却听耳边传来熟悉的声音："夏尔教练。"

沈一凡声音低醇温和，夏尔立刻安心了。

她任他蒙着眼睛，轻声问："你事情忙完了？"

沈一凡轻笑："正在忙。"

夏尔想问"那怎么突然回来了"，却听沈一凡接着道："夏尔教练，等一下我会把手移开，你先不要睁开眼睛，我会倒数十个数，然后你再睁开，好吗？"

夏尔隐隐觉得像有什么事要发生，心底涌上莫名的激动和紧张感。

她吞了一口口水，极轻地点了点头。

她果然感觉到沈一凡的手慢慢移开了，随即，他数数的声音缓缓响起来："十……九……八……"

夏尔的心跳渐渐跟上他数数的频率，她感觉到，他拉着她的手，将她从秋千上拉起来。

时间一秒一秒过去，终于，沈一凡的数字数到了"一"。

夏尔依照约定缓缓睁开眼睛。

那一瞬间，他们的头顶和四周突然顺次亮起无数暖黄色的灯光，如流火一般盘根错节织起一张巨大的灯网，把这一方玫瑰连带秋千和他们两个人完完全全包裹进去。

夏尔的心跳瞬间停了一拍。

她嘴唇微张，想要惊呼出声，但最终还是没有发出任何声音。因为，下一刻，她突然感觉唇瓣被轻轻含住，沈一凡口中清冽的薄荷味瞬间盈满她口腔。

他右手环住她的腰肢，温柔地带着她跌进他的怀里，然后，他灵巧的舌尖缓缓划过她的唇瓣，轻轻地描摹她的唇形，像是在对待最珍视的宝贝，爱惜又不忍过分冒犯。

夏尔只觉得有一股酥酥麻麻的电流以飞快的速度流窜到她的四肢百骸，整个人都要软成一汪春水了。

不知过了多久，沈一凡终于舍得放开她的唇，但还是将她紧紧圈在怀里，不让她离开自己身边。他轻声唤她："夏尔。"

夏尔声音里带了极轻的喘息："我在。"

沈一凡看进她眼里，那里仿佛有一条闪亮的银河。她听见他声音含笑："你曾经说，女孩子的初吻都应该是温柔浪漫的，这样的初吻，不知夏尔教练可还喜欢？"

夏尔轻轻将头枕在他的胸口。

玫瑰上的花露慢慢顺着花瓣的纹理坠入泥土中，在坠落之前，它们见证了一场最美好的恋曲。

不知过了多久，夏尔微弱的声音终于响起，宛若嘤咛："沈老师，我……甚是喜欢。"

言佑和方圆圆透过花枝遥望夏尔和沈一凡甜蜜相拥的场景，都露出会心的微笑。

言佑竖起大拇指："小夏同学真行，就这么把老大拿下了。"

方圆圆白他一眼："我早跟你说过，我们尔尔强得很！"她鼓鼓腮帮子，"唉，这该死的甜甜的恋爱，真叫人眼红。"

言佑干咳一声："有空羡慕别人，不如自己谈一段？"

方圆圆哼哼两声："我倒是想，你跟我谈啊？"

言佑眼神变了变："你要是想的话，倒也不是不可以。"

方圆圆嫌弃地看着他："你长得不怎么样，想得倒是挺美。"

言佑毫不气馁："其实……后来有人告诉我，那天你和夏尔去工作室送夜宵的时候，特意给我带了牛排。我当时就奇怪，怎么还有人带牛排做夜宵的，还是红酒菲力牛排……"

方圆圆愣了，片刻，她反应过来，急忙道："带牛排怎么了，我乐意不行吗，我想带牛排就带牛排，想带烤串就带烤串，你管我？"

言佑却没打算轻易放过她，他认真地看向她："其实，你当时是有一点喜欢我的，对不对？"

心事被这样直截了当地戳破，方圆圆瞬间有些羞赧。她梗着脖子："我喜不喜欢是我的事，跟你有什么关系，特意给你带还不是被别的女生吃掉了……"说到最后，她声音渐渐小下去。

言佑听出一丝小抱怨，又带着一丝小委屈。他无奈地解释道："我和白韵真不是你想的那种关系，我们在一起的时候也只是聊工作，她不是我喜欢的类型。"

方圆圆瞪他一眼："你喜欢什么类型关我什么事。是，我以前是喜欢过你，那又怎么样，现在我不喜欢了不行吗？你要是想嘲笑我就尽管嘲笑吧，我当时也是脑子抽筋，你对我那么厌烦，我还喜欢你。"

言佑忍不住道："谁对你厌烦了？"

方圆圆理所当然道："我们第一次见面的时候我就对你那么刻薄，后来你去找我舅妈我还一直误会你，侮辱你人格，想想就知道我在你那儿没什么好印象……"

言佑仔细回忆了一下："嗯，好像你说的没什么不对。"

方圆圆被他这么一激，转身就走，却被他一把拉住。

她惊诧回头，正好对上言佑含着笑意的眼睛："理论上我是应该厌烦你，但谁知道有些事情就是不按理论的轨迹发展呢。"

方圆圆愣住了。他这话是什么意思？厌烦的对立面……难道是喜欢？她难以置信地看着言佑："你……"

言佑被她看得有些不好意思，不过还是继续道："我觉得，虽然大人们的想法有时候有些陈腐，但有时候其实还是有一定道理的。"

方圆圆下意识接茬："比如？"

言佑笑道："比如，我妈让我来跟你相亲，说你一定会是我喜欢的类型，当时我还觉得荒谬，现在……"

方圆圆心跳瞬间加快了，她听到自己的声音都有些颤抖："现在怎样？"

言佑认真看着她的眼睛，声音前所未有的温柔："现在，我开始相信她是正确的了。"

宛若一块石子砸在心湖，方圆圆的心里掀起惊涛骇浪，她仿佛觉得自己的心都要从嗓子眼跳出来了。这时候，她脑子里有千万句话想说，出口却成了愣头愣脑的一句："你喜欢我哪一点？"

言佑爽朗地笑了："可能喜欢你每次在游戏里被杀死之后都会在屏幕疯狂对我喊'666'吧。"

方圆圆小脸一红，心里像绑了千千结一样，纠结得要命。在言佑满怀期待的注视下，她终于意识到言佑这是在向她表示喜欢，他在等她的一个回答。

她憋红了脸，最后终于挤出一句话："那……你看，如果我们谈恋爱，我有机会跟着你上王者吗？"

言佑哈哈大笑，最后，在方圆圆不满的眼神下，他终于收敛了笑意，朗声道："圆圆，这个王者，我言佑带你上定了！"

番外

Baigei Duini
De Xindong

年后，沈一凡特意到夏家去拜访她的父母和兄嫂，他已经做好了接受各位师兄弟"切磋"武功的考验。休养了好一阵子，他的胃已经恢复得差不多了，没什么好担心的。在他的设想中，一切都应该很顺利，没想到，他的车刚停在夏家门口，就看到了让他极其不满的一幕。

门口停着一辆黑色的劳斯莱斯，看着和梁坤送他的那辆红色的是同一型号，车前站着两个人，一个是夏尔，另一个是个陌生的男生。此时，那个陌生的男生正大大咧咧揽着夏尔的肩膀对着那辆车做介绍。

沈一凡下车的时候正好听到夏尔在对那辆车做评价："果然车如其人，有土大款的气质。"

男生瞬间不干了："不是，我说，夏尔，好歹我跟你从小一起长大，我好不容易回来一次，你就这么挤对我？我这车怎么就土大款的气质了，听说把你拐走的那小子也有一辆红色的，你怎么不说他土大款？"

夏尔轻哼一声："那能一样吗？人家的红色是矜贵的贵族红，你这辆黑不溜秋的，怎么能比。"

沈一凡本来有些不悦的心情被夏尔这么一说，瞬间多云转晴。他还记得当时他开那辆"矜贵的贵族红"去接夏尔的时候，她还一度嫌弃太过扎眼，没想到在外人面前她还挺维护自己的。

想到这儿，沈一凡不禁笑了，不愧是自家媳妇。

男生被她一挤对，劲儿又上来了："我这可是为了跟他媲美，特意新买的同款的车开回来，这臭小子居然趁我不在就把我妹子拿下了，我倒要看看，他是不是真的很有本事。"

沈一凡心一沉，得，看着说话的口吻和方式，是个劲敌。从小一起长大，那就是青梅竹马？特意买同款的车，那就是铆足干劲一心想来挖墙脚。有了这个初步判断，沈一凡沉不住气了，快步朝夏尔走过去。

夏尔正要吐槽一句，便看到沈一凡从不远处走过来。她眼睛一亮，立刻挣开男生的胳膊朝沈一凡怀里扑过去。沈一凡稳稳抱住她，又温柔地吻了吻她的额头，充分展示了她和夏尔的如胶似漆。

对面的男生一直懒懒看着他们，脸上没有一丝醋意，也没先开口说话，沈一凡心里当下有了计较，看来还挺沉得住气。他礼貌性地朝男生笑了笑，然后问夏尔："这位是？"

夏尔正要说话，对面男生却先开口了："我是谁不重要，重要的是夏尔是我妹子，你趁着我不在就把她拐走了，我心里很不爽快。"

279

沈一凡挑眉："哦？那你想怎么样？"

男生想了想："不如我们比一比，让我看看你有没有娶她的资格。"

正中沈一凡下怀，他飞快道："好。比什么，怎么比？"

男生又想了想："比谁有钱你可能暂时比不过我，毕竟我年长你一些，也不好欺负你。"

夏尔听了只想翻白眼，用"暴发户"形容他果然再恰当不过，他这副暴发户的形象，真是真实得不加任何修饰。

沈一凡也没托大，他工作室刚起步，在财力方面确实还不能自己买得起一辆劳斯莱斯，所以他安静地等男生的下文。

男生想了半天终于想出一个可比的东西："那不如就打一场吧。虽然不太文雅，但男人之间的对决，用拳头解决倒也合适。"

沈一凡差点笑出声来，看来夏尔还没告诉他自己是练跆拳道的。他正要答应，夏尔却跳出来拦在他面前："不行，我不同意。"

沈一凡以为她是怕他伤到那个男生，于是向她保证："你放心，我不会伤到他的，切磋而已，点到即止。"

夏尔却不依："我又不是担心你打不过他，但是你的胃刚养好没多久，万一一动手胃病又犯了怎么办，反正我不同意。"

男生一下子不干了："嘿，我这劲儿一下子又上来了，怎么听你们俩这说法，我肯定赢不了一样，好歹我也学过几年散打的，好吗？"

夏尔默默翻一个白眼，心里想，你那散打出去唬唬人还行，还好意思说学过。她还要阻拦，沈一凡却揉揉她的脑袋，声音温柔却很坚定："听话，这是男人之间的对决，我喜欢你，就要让所有人都知道，我有保护你的能力。"尤其是在情敌面前。

夏尔无语，这怎么还成男人之间的对决了？

但没等她再反驳，沈一凡已经朝男生走过去了。

男生耸耸肩，又活动了一下手腕，做足了准备工作。他放狠话道："等下撑不住就及时说，哥哥我会及时收手的。"

沈一凡哭笑不得，只招了招手："来吧。"

下一刻，男生以迅雷不及掩耳盗铃的速度朝沈一凡冲过去，看那架势，好像那一拳挥过去沈一凡就会立刻倒地一样。然而，再下一刻……

"哎哟，哎哟哎哟，你轻点，我的天。"

夏尔捂住眼睛，从手指的缝隙里看着被沈一凡像警察制伏犯人一样把手臂反扣在身后的夏宇，心里默默为他哀叹一声，都是她的错，没有及时告诉他沈一凡是跆拳道黑带，才让他如此膨胀……

沈一凡还要再用力，他手下的男生突然大声道："尔尔，我可是你亲哥，你就看着他这样对我？"

沈一凡一愣，手上的力道瞬间松了。夏宇赶紧趁势挣开他，然后吃痛地揉着自己的肩膀，忍不住骂了句脏话："这是练家子啊？"

沈一凡一脸蒙："亲哥……你是？"

夏宇白他一眼："对未来的大舅子下手这么重？可以，真有你的。"

281

这时候，夏尔终于站出来给沈一凡正式介绍："那个……你可能不认识，这是我二哥，夏宇……"

沈一凡恍然大悟，他是听说夏尔还有一个二哥在外地做生意，没想到，居然就是眼前这个男生，原来他刚刚说夏尔是他"妹子"，并不是为了表现得亲昵，而是人家真是她哥哥。这个乌龙可闹大了，他刚刚以为夏宇是夏尔的追求者，还特意下手重了些……

沈一凡有些尴尬地向夏宇走近一步："那个……二哥……我……"

夏宇看到他靠近，立刻警惕地后退一步："别别别，你可千万离我远一点，真是怕了你了。你是有暴力倾向吗？"

夏尔看他挤对沈一凡，立刻化身护夫狂魔："你说谁暴力倾向呢，明明是你自己要比的。"

夏宇无语地看一眼夏尔，哀号两声："得，女大不中留，真是女大不中留，人还没嫁呢，胳膊肘就向外拐了！"说完，他恨恨地瞪一眼沈一凡，哼哼唧唧地进门去了。

沈一凡摸摸鼻子："那个……我是不是应该跟二哥道个歉，刚刚是我有些冲动了。"

夏尔很认真地想了想："嗯，是有些冲动了。"但很快又话锋一转，"不过他说你是臭小子，打了就打了，反正他皮糙肉厚，又不会少块肉。"

沈一凡听得目瞪口呆。